아이야, 천천히
오렴

옮긴이 이지희

건국대 중어중문학과와 이화여대 교육대학원 중국어교육과에서 공부했다. 현재는 두 아이의 엄마이자 출판 기획 및 중국어 전문 번역가로 활동하고 있다. 옮긴 책으로는 《부모학교》《쉿, 비밀이야》《어린이를 위한 하버드 새벽 4시 반》《엄마, 궁금한 게 너무 많아요!》가 있다.

孩子你慢慢來(Take It Slow, Child)

written by 龍應台(Lung Ying Tai)
Copyright ⓒ2008 Lung Ying Tai
Korean translation copyright ⓒ2015 Tindrum Publishing Ltd.
All rights reserved.

Korean translation rights is arranged through Pauline Kim Agency with Lung Ying Tai.

아이야, 천천히 오렴

1판 1쇄 인쇄 2016년 9월 21일 | **1판 1쇄 발행** 2016년 9월 27일

지은이 룽잉타이 | **옮긴이** 이지희
펴낸이 조재은 | **펴낸곳** (주)양철북출판사 | **등록** 제25100-2002-380호(2001년 11월 21일)
책임편집 조연주 | **편집** 이정우 | **표지와 본문 디자인** 김모 | **디자인** 육수정
마케팅 조희정 | **관리** 정영주
주소 서울시 마포구 양화로8길 17-9 | **전화** 02)335-6407 | **팩스** 02)335-6408
ISBN 978-89-6372-215-3 03820 | **값** 12,000원

카페 cafe.daum.net/tindrum 블로그 blog.naver.com/tin_drum
페이스북 facebook.com/tindrum2001

※ 잘못된 책은 바꾸어 드립니다.

孩子你慢慢來

아이와
엄마의
'처음들'의 기록

아이야, 천천히 오렴

룽잉타이龍應台 지음
이지희 옮김

나비매듭

"할머니, 저 꽃으로 주세요!"

위아래 검은 옷을 차려입은 노파가 내가 가리킨 복숭앗빛 장미를 통에서 꺼냈다. 장미는 스무 송이 남짓 되었다. 노파는 어린 손자에게 꽃을 건네주고는 뒤돌아서서 거스름돈을 챙겼다.

이제 겨우 다섯 살이나 되었을까. 맑은 눈에 발그스레한 뺨의 꼬마 아이가 해맑게 웃자 몇 개 되지 않은 이가 드러나 보였다. 아이는 환한 얼굴로 조심조심 꽃다발을 받아들고는, 새끼줄을 하나 빼내어 꽃을 묶으려 했다. 하지만 꽃가지는 너무 많고, 아이의 손은 너무 작았다. 게다가 새끼줄은 또 너무 길었다. 나비매듭을 지으려, 아이가 이리저리 손가락을 움직이며 애를 썼지만 매듭은 쉽게 지어지지 않았다.

"답답한 녀석, 느려 터져서는! 서둘러, 손님이 기다리시잖아!"

할머니가 거칠게 욕을 하며 아이를 한 차례 밀쳤다.

"괜찮아요, 할머니. 급할 거 없어요. 천천히 하게 두세요."

할머니를 안심시킨 뒤 나는 돌계단에 앉아 다섯 살 사내아이가 나비매듭을 지으려 애쓰는 모습을 지켜보았다. 새끼줄은 이리저리 왔다 갔다 하다가, 막 당기려는 순간 스르르 풀어져버리곤 한다. 그러면 또 다시 시작. 조그마한 손이 신중하게 가는 새끼줄을 집어든다.

비에 젖은 거리, 좁은 골목 안 허름한 꽃가게 안으로 비스듬히 햇살이 비춰든다.

이슬람교도와 유태인들이 무참하게 서로를 죽이고, 에티오피아에서는 노인과 아이, 여성들이 연이어 굶어 죽고, 뉴욕 월스트리트의 증권시장에서는 잔뜩 긴장한 얼굴들이 넘쳐나는 이 순간, 나는 석양이 엷게 드리우는 돌계단에 앉아 있다. 평생을 기다려도 좋다는 마음으로 아이가 다섯 살의 손가락으로 천천히 매듭을 완성하기를 기다리고 있다.

"왕아이렌王愛蓮, 보충수업비는?"

린林 선생님의 눈빛이 싸늘했다. 왕아이렌은 맨 뒷줄에 앉아 있었다. 키가 작은데도 그 아이의 자리는 언제나 맨 뒷줄이었다. 육십 명의 다른 학생들은 얼어붙기라도 한 듯 잔뜩 움츠린 채 나무의자에 앉아 있었다. 뒤돌아보는 아이는 없었다. 하지만 고개를 돌리지 않아도 나는 왕아이렌의 모습을 그릴 수 있었다. 헝클어진 머리는 군데군데 떡이 져서 마치 한 번도 머리를 감은 적이 없는 것 같고, 다른 친구들이 교복 위에 스웨터를 덧입는 날에도 언제나 더럽고 해진 교복 차림뿐이다. 겨울이면 그 아이의 입술은 늘 보랏빛이었고, 연필을 쥔 마른 손등에는 여기저기 힘줄이 불거져 있었다.

"보충학습비도 없이 학교에 와?"

린 선생님은 절대 화를 내지는 않았다. 그저 차가운 눈빛으로 쏘아

볼 뿐이었다.

"앞으로 나와!"

콧물을 훌쩍이며 앞으로 걸어나간 왕아이렌은 공교롭게도 바로 내 앞에 섰다. 바르르 떨고 있는 그 아이는 오늘 양말조차 신지 않고 있었다. 딱딱한 플라스틱 신발 속 맨발이 눈에 띄었다. 나는 털양말을 두 켤레나 신은 상태였다.

"칠판에 3번 문제 풀어봐!"

린 선생님이 들고 있던 기다란 등나무 회초리로 빽빽하게 필기가 되어 있는 칠판을 가리켰다.

왕아이렌은 분필을 집어들다 그만 놓치고 말았다. 분필은 바닥에 떨어지며 순식간에 산산조각이 났다. 그 아이는 다른 분필을 집어들고는 가까스로 칠판 가장자리에 얼마간 끼적였다.

"이리 와봐!"

선생님이 들고 있던 등나무 회초리를 만지작거렸다. 반 전체가 숨을 죽인 채 앞으로 일어날 일을 기다렸다.

한 대, 두 대…… 회초리가 왕아이렌의 머리와 목 그리고 어깨, 등을 후려쳤다. 그 아이는 양 손으로 얼굴을 가린 채 고개를 움츠리기만 할 뿐, 회초리를 피하지도 소리를 내지도 않았다. 공중에서 회초리가 휘날리며 착착, 공명하는 소리가 우리들 귓가에 울려퍼졌다.

잠시 후 진득한 핏줄기가 왕아이렌의 뒤엉킨 머리카락을 따라 얼굴로 흘러내려, 아이의 손가락을 물들이고, 지저분한 황갈색 교복을 적셨다. 린 선생님이 잠시 잊고 있었던 것이다. 그 아이의 머리에는 사시 사철 부스럼이 나 있었다. 선홍색 피가 여러 갈래로 흘러내려, 아이의 손등에 불거진 자줏빛 힘줄과 교차했다. 머리에서 흐른 피가 굳으며 머리카락이 더욱 엉겨붙었다.

다음날, 비가 내렸다. 나는 큰 책가방을 메고 엄마에게 손을 흔들었지만, 학교에는 가지 않았다. 나는 개울가까지 걸어가 한참 물고기를 구경한 다음, 극장으로 가서 알록달록한 영화 포스터를 하나하나 들여다보았다. 모든 영화의 주인공을 '주연'이라고 부른다는 사실을 알아냈지만, 그녀가 누구인지는 알 수 없었다. 그다음에는 철로 근처로 가서 석탄을 실어 나르는 기차를 구경한 뒤, 철로 위에서 균형 잡기 놀이를 했다.

결코 왕아이렌의 피에 놀라서는 아니었다. 어떻게 말해야 할까…… 말하자면, 하루가 멀다 하고 일어나는 수많은 '사건' 때문이었다. 이를테면, "교육감이 왔다!" 옆 반 선생님이 큰 소리로 그렇게 외치면, 우리는 보고 있던 참고서를 재빠르게 다리 밑으로 집어넣고는 검은색 치마로 가린다. 그리고 앞에 서 있던 린 선생님은 갑자기 부드러운 표정으로 말하는 것이다. "오늘은 한 음악가에 대한 이야기를 들려주겠습니다." 잠시 후 교육감이 학교를 떠나면 우리는 다시 치마 아래에서 두툼한 참고서를 꺼내 수학문제를 풀었다.

어느 날인가는 장샤오윈張小雲이 숙제를 해오지 않았는데, 선생님은 그애를 남학생 분단 앞에 세워놓고는 반 학생들 전체를 향해 치마를 높이 치켜들게 했다. 리밍화李明華가 수업 중에 창밖을 내다봤을 때는, 선생님은 교실 뒤쪽에서 그애를 벌세웠다. 양 무릎을 굽히고 두 손으로는 물이 담긴 대야를 들어올린 자세로 삼십 분이나 서 있게 했다. 그리고 또, 장빙황張炳煌이 시험에서 낙제점수를 받았을 때, 그애는 "나는 게으름뱅이입니다"라고 적힌 커다란 목패를 가슴에 걸고 하교 시간에 교정을 한 바퀴 돌아야 했다.

나는 책가방을 메고 엄마와 손을 흔들며 헤어진 뒤, 꼬박 한 달이나 거리를, 그리고 빗속을 헤매고 다녔다. 그러다보니 치셴싼七賢三 거리의 술집 간판들을 죄다 외울 정도가 되었다. 베스트, 검은 고양이, 풍류과부, OK……

결국 오빠에게 붙잡혀 엄마에게 호되게 매를 맞은 뒤 나는 다시 린 선생님에게로 보내졌다. 그제야 머리에 부스럼이 난 왕아이롄 역시 행방불명된 지 오래라는 사실을 알게 되었다. 나는 돌아왔지만, 그애는 돌아오지 않았다.

왕아이롄은 동생 셋을 데리고 아이허강愛河에서 뛰어내렸다. 다들 강물이 무척 더럽다고 했다.

그해, 우리는 열한 살이었다.

비에 젖은 거리, 좁은 골목 안 허름한 꽃가게 안으로 비스듬히 햇살이 비춰든다.

같은 시각, 병원에서는 우렁찬 울음소리를 들으며 의사가 피에 젖은 탯줄을 자르고, 폭죽 연기 속에서 젊은 남녀 한 쌍이 영원한 사랑의 맹세를 한다. 그리고 뒷산 샹쓰相思 숲에서는 무덤 위 잡초가 비에 젖은 흙 위로 조금씩 머리를 내밀고 있다.

그리고 나는, 석양이 옅게 드리우는 돌계단에 앉아, 눈이 맑은 꼬마아이가 열심히 뭔가에 몰두하는 모습을 바라보고 있다. 그래, 나는 평생을 기다릴 것이다. 이 아이가 천천히 나비매듭을 완성할 때까지. 다섯 살의 작은 손가락으로……

천천히 오렴. 아이야, 천천히 오렴.

렌허聯合 칼럼에 실린 글을 옮김

1985년 3월 27일

첫 만남

그 일은 이렇게 시작되었다.

작년 8월, 화안華安네 세 식구는 오스트레일리아의 작은 항구로 여행을 갔다. 당시 화안은 태어난 지 팔 개월 된 갓난아기였다. 그 시기 아기들에 대해 육아서는 이렇게 설명하고 있다. "생후 팔 개월 된 아기는 길 수 있고, 침대를 잡고 설 수 있으며, 벽을 짚고 걸을 수 있다. 본격적인 구강기의 시작으로, 무엇이든 입으로 가져가 맛을 보려 한다. 아직 제대로 말은 할 수 없지만 옹알이를 시작하며 아빠, 엄마를 부를 수 있다." 여기서 세 식구란 당연히 화안과 아이의 아빠, 엄마였다.

항구의 물은 투명하리만치 깨끗했다. 괴상하게 생긴 새떼가 여행객들이 던져주는 빵을 기다리며 물 위에 떠 있었다. 부리가 엄청나게 큰 새들이었는데, 그 부리는 마치 가지치기할 때 쓰는 커다란 화훼가위 같았다. 특이한 점은 부리 아래 커다란 주머니가 달려 있다는 것이었는데, 새가 입을 크게 한 번 벌리면 사람들이 사과나 빵, 작은 물고기 따위를 그 부리주머니 안으로 던져넣어 주머니가 묵직해졌다.

화안은 해안가에 앉아 눈 한 번 깜빡이지 않고 놀란 눈으로 그 거대한 새를 지켜보고 있었다.

아이 아빠가 독일어로 말했다.

"Das ist der Pelikan."*

엄마는 잠시 고민한 끝에 결심한 듯 중국어로 말했다.

"저 새는 펠리컨이란다."

화안의 손에 들려 있던 사과 한 조각이 바닥에 떨어져 데굴데굴 굴러가더니 곧장 물속으로 빠졌다. 또 한 차례 꽉 소리와 함께 사과는 새의 부리주머니 속으로 들어갔다.

아빠는 화안을 품에 안고 물 위의 동물을 가리키며 간단명료하게 말했다.

"안안安安**, 저건 Bird, Bird, Bird, Bird……"

안안은 표정에 아무 변화가 없었다. 아이는 손을 뻗어 아빠 옷소매 단추를 끌어당겨서는 입으로 가져갔다.

9월, 안안은 아빠 엄마와 함께 미국에 왔다. 안안네 가족은 숲속의 작은 통나무집을 빌렸다. 집 주변은 온통 푸른 풀숲으로 둘러싸여 있었고, 울퉁불퉁한 피부의 꼬마 청개구리가 계단으로 뛰어올랐다가 순식간에 방충망을 통과해 문 안으로 사라지곤 했다.

햇빛이 유난히도 환한 어느 날 아침이었다. 햇살이 숲속 깊은 안쪽까지 빛줄기를 길게 드리우고, 작은 먼지 알갱이들이 그 햇살에 부서지듯 날아다녔다. 아빠는 주방에서 커피를 마시고 있고, 엄마는 난간에 기대어 신문을 보고 있었다. 방금 엄마 칫솔을 나무기둥의 구멍에 쑤셔넣은 안안은, 이제 아빠 축구화에 진흙을 채우느라 분주했다.

* 화안의 아빠는 독일인이다. 아빠는 아이에게 독일어로 말하고, 엄마는 중국어로 말한다.
** 화안의 애칭.

"보⋯⋯"라는 작은 소리가 들린 것도 같았지만 엄마는 신문에서 눈을 떼지 않았다.

그때 "보⋯⋯" 하는 소리가 다시 들려왔다. 화안이 내는 소리였다. 하지만 엄마는 그다지 신경쓰지 않았다.

"보, 마마, 보!"

화안은 마음이 급해졌는지 연이어 외쳤다.

"왜 그러니, 아가야⋯⋯ 아이고, 아빠 신발을 완전히 망쳐놨네!"

"보, 마마, 보, 보, 보! 마마, 보!"

어느새 가까이 기어온 아이가 엄마의 치맛자락을 잡고 일어서더니 통통한 손으로 풀숲을 가리켰다.

유심히 들여다보자, 마구 뒤엉켜 자라고 있는 풀숲 가운데 큰 수탉 한 마리가 기세등등하게 서 있었다. 새빨간 볏과 강한 대조를 이루는 금빛의 긴 꼬리가 햇살을 받아 반짝였다. 수탉 역시 눈을 동그랗게 뜨고 저와 키가 엇비슷한 화안을 뚫어져라 쳐다보고 있었다.

"마마, 보!"

흥분과 두려움이 뒤섞인 얼굴로 안안은 있는 힘껏 수탉을 가리켰다.

순간 엄마 머릿속에서 번뜩하는 게 있었다. 그래 맞아, 온몸이 깃털로 덮여 있고 가느다란 다리가 두 개에, 뾰족한 부리를 가지고 있으니 저것이 'Bird, 보'가 아니고 무엇이겠는가?

엄마는 화안을 끌어안고 정신없이 입을 맞추면서 교양 없는 여자처럼 마구 소리쳤다.

"여보, 빨리 와봐요! 화안이 말을 했어요! 말을 했다고요! 화안이 말을 할 줄 알아요!"

안안은 귀찮다는 듯 있는 힘껏 엄마 얼굴을 밀쳐냈다. 그리고 온몸을 바동거리며 어떻게든 그 잘난 녀석을 가까이에서 보려고 풀숲 쪽으로 목을 길게 뺐다.

첫 만남

'보'를 알게 되면서부터 화안은 우주를 알게 되었다.

매일 아침 교회종이 뎅, 뎅 뎅…… 여덟, 아홉 번 울리면 화안은 엄마와 함께 집을 나섰다. 집에서 일 킬로미터 정도 떨어진 마오촨猫川 유아원에 가는 것이다. 비가 오는 날을 빼고는 엄마는 언제나 노란색 자전거를 끌고 갔다. 자전거 뒷좌석에는 안안의 전용 의자가 달려 있었는데, 역시 노란색이었다. 유아원에 가는 내내 두 사람은 무척 바빴다. 엄마는 가이드가 되어 안안에게 이것저것 이 세상을 소개해주었다. 안안은 이 세상에 새로 왔기 때문이다. 엄마가 빠뜨린 것이 있으면 안안이 일깨워주었다.

그리 길지도 않은 평범한 길에 소개할 것이 있기나 할까? 화안 엄마는 고개를 가로젓는다. 아니요, 정말 많아요. 일일이 열거하지 못할 만큼 많은걸요! 하늘에는 해가 떠 있고, 또 뭉게뭉게 구름들이 피어오르며, 어쩌다 먹구름이 몰려오면 파란 하늘은 그 뒤로 숨어버린다. 제트기가 지나갈 때면 저 멀리 하얀 선이 길게 나타나 하늘을 둘로 갈라놓는다. 이른 봄 역시 볼거리 천지다. 가지에 달려 있던 보드라운 버들개지들이 바람에 모두 떨어져나와 온 천지에 흩날린다. 그러다가는 안안의 머리에도 내려앉고……

길에도 볼거리는 넘쳐난다. 이 집 정원에는 사과나무가 서 있고, 저 집 담장 밑에서는 포도덩굴이 벽을 타고 기어오른다. 지팡이를 짚은 노부인이 마당에 흙을 새로 갈아엎어 만든 토상土床* 위에 도자기로 만든 토끼 한 마리, 눈처럼 하얀 오리 두 마리, 우산 모양의 커다란 버섯을 올려놓는다. 버섯 우산 아래에는 못생긴 초록 청개구리가 앉아 있다. 이런 것들을 화안이 놓칠 리가 있겠는가?

길에서 움직이는 것들을 만나면 그야말로 골치가 아플 지경이다. 큰길에선 온갖 종류의 차들이 멈췄다 내달리기를 반복한다. 트럭, 지프, 버스, 오토바이, 자전거, 기차, 전차, 쓰레기수거차, 유모차…… 너무 많아 일일이 거론할 수가 없다. 맞은편에서 흔들흔들 굴러오는 검은색 털뭉치 '멍멍이'에게 인사하는 것 역시 빼놓을 수 없다. 건너편 집 창턱에서 기지개를 켜는 야옹이, 길모퉁이 산비탈에서 고개를 숙인 채 풀을 뜯는 얼룩소…… 얼룩소 목에 달린 방울이 딸랑거리는 소리가 바람을 타고 멀리까지 퍼져나간다.

그러다보니, 엄마가 자전거를 끌고 가는 내내 안안은 구경하느라 정신이 없었고, 둘 사이에는 이야깃거리가 끊이질 않았다.

"안안, 들어봐. 교회 종소리……"

엄마는 걸음을 늦추었다.

"종소리는…… 땡그랑 땡그랑……"

안안이 즐겁게 조잘대며 교회 방향으로 고개를 돌렸다. 교회는 산 너머에 있었다.

* 흙을 다져 앉을 수 있게 하거나 물건을 올려놓을 수 있도록 만든 것.

"꽃, 꽃······"

고사리 같은 손이 길가의 꽃밭을 가리켰다.

"빨강색!"

엄마가 고개를 숙여 유심히 들여다보니, 꽃잎에서 이슬이 반짝거렸다.

"아니야, 안안. 이 꽃은 황써黃色, 노란색이지."

안안은 고개를 끄덕이며 열심히 따라 했다.

"응써, 응써!"

길모퉁이에서 75번 버스가 천천히 모습을 드러냈다.

"버스, 엄마, 버스가 와, 크다!"

"버스가 무슨 색이지, 안안?"

안안은 주춤하더니 대충 얼버무렸다.

"응써!"

"에이, 아니지!"

엄마가 풀꽃으로 아이의 머리를 톡톡 쳤다.

"저건 파랑색이야. 하늘하고 똑같은 색이잖아. 봐봐!"

안안이 고개를 들더니 갑자기 소리쳤다.

"Bird!"

갈매기 한 마리가 연푸른빛 하늘을 날고 있었다.

맞은편에서 걸어오는 우체부 아저씨와 인사를 나눈 뒤 모퉁이를 돌자 사과 과수원이 나온다. 사과나무 아래에서 젖소가 꾸벅꾸벅 졸고 있다.

"사과, 개, 소, 나무."

안안은 어느 것 하나 빼놓지 않고 열심히 인사했다.

"풀, 땡그랑, 집, 굴뚝, 자전거……"

오르막길을 올랐다.

"사슴, 파란 꽃, 할아버지……"

'파란 꽃'은 청개구리를 말하고* '할아버지'는 수염을 기른 도자기 요정을 가리킨다.

걷고 또 걸어 드디어 마오촨 유아원에 도착하면, 엄마는 부드러운 손길로 안안을 자전거에서 안아 내린 뒤 아이의 볼에 입을 맞춘다.

"아가야, 안녕. 친구하고 재미있게 놀고, 선생님 말씀 잘 들어."

선생님 손을 잡고 자전거를 끌고 가는 엄마의 뒷모습을 바라보던 아이는 갑자기 무언가 생각난 듯 엄마 뒤에다 대고 소리친다.

"엄마, 말 잘 들어!"

해질 무렵

가을날 해질 무렵, 낙엽이 두껍게 깔린 대지는 아름다운 황금빛으로 가득하다. 잎을 다 떨어뜨린 잔가지가 맑은 하늘 위에 드리워져 있고, 뒤얽힌 가지들 사이로 아름다운 노을빛이 스며든다. 맑은 시냇물이 스산한 소리를 내며 흘러간다.

화안을 자전거에 태우고 집으로 돌아가는 길, 엄마는 낡고 얼룩덜룩한 작은 나무다리를 보았다. 유유히 흐르는 시냇물을 베고 누운 그 모습에 왠지 모르게 쓸쓸한 기분이 들어 고개도 돌리지 않은 채 화안

* 파란 꽃을 뜻하는 중국어 '칭화青花'와 청개구리를 뜻하는 중국어 '칭와青蛙'의 발음이 비슷하다.

에게 말한다.

"작은 다리네."

"작은 다리."

안안이 낭랑한 목소리로 대답한다.

"시냇물."

"헤엄."

"사람."

"오리."

"옛길."

"길 다섯 개."

"서풍."

"꿀벌."

"여윈 말."

"멍멍이. 엄마, 봐봐. 멍멍이……"

자전거 위의 두 그림자가 시냇물을 따라 점점 멀어지더니 하늘빛 속으로 서서히 스며들었다. 그리고 더이상 보이지 않았다.

용

놀라움 속에 우주를 알게 된 안안은 두 돌도 채 안 됐을 때부터 고집스럽게 세상 모든 것의 이름을 알려는 의지를 불태웠다. 발이 네 개에 온몸이 털로 덮여 있으면서 움직이는 것은 '멍멍이'다. 하지만 똑같이 발이 네 개에 온몸이 털로 덮여 있지만 귀가 뾰족하고 코가 날카롭다면, 그건 '여우'라고 부른다. 이들보다 몸집이 작고 야옹야옹 소리를 내는 것은 '야옹이'다.

안안은 종종 엄마에게서 답을 듣지 못할 때도 있다. 아이는 통통한 손가락으로 책 속 그림을 가리키며 고개를 들고 간절하게 묻는다.

"뭐야?"

엄마는 가까이 다가가 그림을 들여다보고는 말한다.

"모르겠네. 세상에, 뭐 이런 게 다 있담."

안안은 불쾌한 기색이 역력하다. 아이는 손가락으로 고집스럽게 같은 곳을 짚으며 불만 어린 어조로 외친다.

"엄마, 뭐야?"

엄마는 어쩔 수 없이 고개를 숙이고 유심히 들여다본다. 그것은 곰의 몸에 호랑이 머리가 달려 있고, 표범의 발을 가지고 있었다. 한성漢聲 출판사에서 나온 그 책은, 다양한 삽화를 통해 동물의 진화과정을 설명하는 미니 백과사전이었다. 두 살짜리 아이가 볼 만한 책이 아니었지만 그림이 많은 것이 자기 책이라고 여긴 안안은 매일같이 그 책을 뒤적거리곤 했다. 책을 세워놓으면 안안 키의 절반이나 되는데다 겉표지도 하드커버여서 무척 무거웠기에, 아이는 늘 벽돌이라도 옮기듯 침실에서 거실까지 겨우겨우 책을 들고 와서는 거친 숨을 몰아쉬었다. 그러고 나서 책을 바닥에 펼쳐놓은 뒤 그 앞에 엎드리면 안안은 책속으로 거의 다 들어갈 정도였다.

"그래, 알았어."

엄마는 마지못해 말을 이었다.

"이건 과이우怪物, 괴물이야."

"와이우."

안안은 진지하게 따라 하더니, 만족스러운 듯 고개를 끄덕였다. 그러고는 책장을 다시 넘긴 뒤 또 한쪽 귀퉁이를 가리키며 물었다.

"엄마, 뭐야?"

이번 것은 돼지 머리에 코끼리 몸이었다. 엄마는 서둘러 몸을 일으키며 말했다.

"괴물. 아가야, 여기 있는 건 죄다 괴물이야. 너 따뜻한 우유 마실래? 코코아가루 넣어줄까?"

안안에게 이 우주에 대해 소개하다보면 예상치 못한 난관에 봉착할 때가 많았다. 석 달 전 쯤 엄마는 안안을 데리고 타이베이臺北에 있는 룽산사龍山寺에 갔다. 절의 복도에는 이를 드러내고 발톱을 세운 용 한 마리가 그 기다란 몸으로 기둥을 휘감고 있었다. 안안은 툭 튀어나온 용의 눈을 가리키며 엄마의 치맛자락을 잡아당겼다. 놀라기도 하고 또 신기하기도 한 모양이었다.

"엄마, 뭐야?"

엄마는 그 자리에 쪼그리고 앉아 안안의 손을 잡아서는 직접 용의 몸을 만져보게 했다. 그리고 한 글자 한 글자, 또박또박 말해주었다.

"이건 용이란다, 아가야. 용, 한번 말해봐, 용……"

안안은 정확하게 따라 했다.

"용."

절 안에 맴도는 향냄새가 희미한 거미줄처럼 가물가물 엄마의 콧속으로 날아들어왔다. 엄마는 왠지 못 다한 이야기가 있는 것 같은 기분이 들었다. '용'이라는 이름 외에 아이에게 알려주려 했던 중요한 얘기가 많았던 것 같은데, 도무지 떠오르질 않았다. 화안에게 '용'을 가르쳐주는 것은 '개'나 '여우'를 알려주는 것과는 다른 것처럼 여겨졌다. 도대체 무슨 이야기를 더 하려고 했었지? 갑자기 아무 생각도 나지 않았다. 그때 갑자기 치맛자락 옆에서 여전히 고개를 한껏 쳐들고 뚫어져라 용을 쳐다보고 있는 안안의 목소리가 들렸다.

"용, 크다!"

유럽에 온 뒤로는 당연히 용을 볼 기회는 없었다. 그러던 어느 날, 전차를 타고 가던 안안이 갑자기 창밖을 바라보며 소리쳤다.

"용, 용! 엄마 봐봐!"

마침 전차가 멈춰 섰고, 엄마는 얼른 창밖을 내다봤다. 창밖으로는 늦가을의 스산한 거리 풍경이 펼쳐져 있었다. 우중충한 집들, 우중충한 하늘, 우중충한 행인들의 외투. 유일하게 색깔을 지닌 것은 백 미터는 될 듯한 오색 끈들이었다. 끈들은 우뚝 솟은 가로수에 묶여 있었는데, 크리스마스를 위해 미리 달아둔 장식 같았다. 순간 엄마는 깨달았다. 안안은 기다란 물건은 모두 '용'이라고 부르는 줄 알고 있구나.

"아니야, 안안." 엄마가 말했다. "저건 색깔 끈이란다. 용이 아니고……"

엄마가 말을 채 마치기도 전에 갑자기 바람이 불어오더니, 빨간색 끈이 물결처럼 바람에 출렁이며 이리저리 날리기 시작했다. 순간 엄마는 멍해졌다. 설날 폭죽 소리 속에서 춤을 추는 오색찬란한 금빛 용을 보고 있는 듯했다. 이것이 용이 아니라고 과연 누가 말할 수 있을까?

집에 돌아온 엄마는 안안에게 어죽을 만들어주겠다며 주방에서 나오질 않았다.

"물고기를 자주 먹는 아이는 똑똑하단다."

엄마는 미신을 살짝 더해 그렇게 말하며 생강을 채썰기 시작했다.

안안은 쿵쿵거리며 자기 방으로 뛰어 들어가서는 제 사유재산을 한차례 쭉 훑어보았다. 털이 보송보송한 토끼, 거북이, 강아지, 수탉, 곰…… 말하는 장난감 새와 눈물을 흘리는 검은색 인형, 음악이 나오는 팽이, 그리고 세발자전거와 아빠가 돌쟁이였을 때 타던 목마, 나팔이 달려 있는 트럭…… 물론 작은 자동차들 역시 장난감바구니 한가득이었다.

와르르, 하는 소리로 주방에 있는 엄마는 안안이 가지고 놀 장난감을 정했음을 알 수 있었다. 아이는 바구니에 가득한 자동차들을 바닥에 쏟고 있었다.

엄마는 당근을 썰면서 저도 모르게 콧노래를 흥얼거렸다. 그러면서도 귀를 쫑긋 세우고 안안의 동태를 살피기를 놓치지 않았다. 엄마 자신은 당근을 좋아하지 않지만 안안에게 당근을 먹일 수 있는 기회는 한 번도 놓친 적이 없었다.

'당근은 눈에 좋다'고 생각하던 엄마는 문득 자신이 "꽥꽥꽥꽥꽥꽥, 엄마 오리 아기 오리 데려가고……", 노래를 흥얼거리고 있었음을 깨달았다. 칼질을 멈추고 엄마는 잠시 얼떨떨했다. 이상한데. 예전에 자주 흥얼거리던 노래는 분명 "하염없이 떨어지는 그리움의 피눈물 팥을 뿌리는 듯하고, 다 피지 못한 봄버들과 봄꽃 그림 같은 누각에 가득하네" 같은 거였는데, 어째서 지금 엄마 오리 노래를 부르고 있는 거지?

"엄마, 이것 봐!"

화안이 흥분해서 주방으로 뛰어 들어오더니 엄마의 젖은 손을 잡아 끌었다.

"이리 와봐!"

한 손에 여전히 부엌칼을 든 채 화안을 따라 방에 들어가보니, 카펫 위에는 화안의 자동차 부대가 정렬해 있다. 트럭, 지프, 버스, 오토바이, 미니버스, 트레일러…… 자동차들은 꼬리에 꼬리를 물고, 벽 밑에서부터 침대 머리맡까지 비뚤비뚤 길게 늘어서 있다.

"엄마!" 화안이 자동차 행렬을 가리키며 진지하게 말했다. "용!"

엄마는 몸을 숙여 땀방울이 송송 솟은 아이의 이마에 입을 맞추고는, 환하게 웃어 보였다.

"맞아, 안안. 용이네. 차들이 정말 용처럼 늘어서 있네."

엄마는 칼을 들고 안안의 방에서 나왔다. 다시 쪼그려 앉은 안안의
귀에 엄마가 흥얼거리는 노랫소리가 들렸다. 익숙한 곡이라 즐겁게
따라 불렀다.

"이비야야 이비이비야……"

그건 뭐야?

화안은 침대 옆에 서서 엄마가 옷 입는 모습을 지켜보고 있다. 아이가 흰색 치마를 가리키며 물었다.

"엄마, 새 거야?"

엄마가 고개를 끄덕이며 대답했다.

"응, 새 옷이야."

안안이 칭찬했다.

"예뻐!"

순간 엄마는 동작을 멈추고 이제 막 두 돌이 된 아이를 놀란 얼굴로 바라보았다.

'세상에, 이 꼬맹이가 지금 나랑 '수다'를 떨고 있는 거야? 아는 단어가 아직 몇 개 되지도 않은데?'

그때 마침 아빠가 침실로 들어섰다. 아이는 기뻐하며 달려가더니 아빠의 커다란 손을 잡고 엄마의 치마를 가리켰다.

"아빠, Schau, neue! schön!" 아이는 독일어로 이렇게 말한 것이다. "봐봐, 새 거야, 예뻐."

수수께끼

안안의 엄마는 중국인이다. 안안이 태어났을 때부터 엄마는 줄곧

아이에게 중국어로 말했고, 다른 어떤 외국어도 섞어 쓰지 않았다. 안안의 아빠는 독일인이다. 표준 독일어를 구사하고, 안안에게는 독일어로 이야기한다. 그리고 아빠와 엄마는 서로 영어로 대화하지만, 두 사람 모두 안안에게 영어를 가르쳐주지는 않는다.

가족은 스위스에 살고 있다. 스위스인은 스위스독일어*를 쓴다. 표준 중국어를 구사하는 사람이 민난화閩南話**를 알아듣지 못하듯, 독일인은 스위스독일어를 종종 이해하지 못한다. 유치원에 가면 안안은 선생님, 친구들과 스위스독일어로 말한다.

눈도 동글동글, 코도 동글동글, 얼굴도 동글동글한 꼬마 안안은 이렇게 총 네 가지의 언어환경 속에서 살고 있다. 그건 과연 어떤 모습일까?

유치원에서, 화안이 중얼중얼 혼잣말을 한다. 커다란 눈의 수잔은 무슨 말인지 알아듣지 못하자 이렇게 생각한다.

'아, 안드레아***가 중국어로 말했나봐. 그래서 내가 이해하지 못하는 걸 거야. 조금 있다가 안드레아 엄마가 오면 물어 봐야지.'

집에서, 안안이 뭐라고 또 혼잣말을 한다. 아빠와 엄마가 한 번도 들어본 적이 없는 말이다. 제대로 알아듣지 못한 엄마가 아빠에게 묻는다.

"저거 독일어예요?"

"아닌데."

• 스위스에서 사용되는 독일어의 방언이자 알레만어의 방언.
•• 푸젠성福建省 남부, 광둥성廣東省 동부, 타이완에서 쓰이는 방언.
••• 화안/안안의 독일 이름.

이어서 아빠가 묻는다.

"중국어 아니었어?"

"아니에요."

"그럼, 스위스독일어겠군!"

아빠와 엄마는 동시에 합창하듯 외친다.

안안은 아빠와 엄마의 고민은 아랑곳 않고 점토로 새끼돼지를 만드는 일에만 정신이 팔려 있다.

안안 엄마가 안안을 데리러 오자, 수잔이 묻는다.

"어우쯔가 뭐예요?"

엄마는 방긋 웃으며 대답한다.

"허우쯔猴子! 안드레아가 말한 건 중국어로 원숭이란 뜻이야!"

곧이어 엄마도 수잔에게 묻는다.

"혹시 '뢰비'가 뭐니? 그리고 '벨로'는 또 뭐고?"

수잔의 설명이 이어진다.

"'루버'는 스위스어로 '사자', '벨로'는 '자전거'라는 뜻이에요."

저녁식사 시간, 아빠는 무릎을 탁 친다.

"아, 정말 생각도 못했네! 다 같은 독일어인데, 이렇게 다르다니. 그렇게 말하는 건 난 한 번도 들어본 적이 없어!"

꼬맹이 화안 덕분에 다들 바빠진다. 수잔은 중국어를 배우고, 엄마는 독일어를 배우고, 또 아빠는 스위스어를 배우고…… 각 언어들을 완전히 익힌 후에야 어른들은 화안의 말을 완전히 이해할 수 있을 것이다. 아빠가 안도의 한숨을 내쉰다.

"휴, 다행이야. 안안이 아직 영어는 못해서……"

흑인

어느 날 버스 안, 아름다운 흑인 한 사람이 서 있다. 안안이 흥분해서 묻는다.

"엄마, 누구야?"

"흑인이야. 저 사람은 흑인이야."

그렇게 대답하면서 엄마는 생각한다. 흑인을 한 번도 만나본 적이 없다 해도 '흑黑'자가 '검다'는 뜻이라는 걸 알고, 또 색깔을 정확하게 구분할 수 있는 사람이라면, '흑인'이라는 말을 듣는 순간 흑인의 특징이 무엇인지 곧장 알아차릴 수 있을 것이다. 흑인을 '흑인'이라고 부르는 이유가 바로 피부색이 검다는 특징 때문이니까. 하지만 지금 내 옆의 이 꼬맹이는 아직 '흑黑'자의 뜻을 모른다. 게다가 흑인 외에 피부색이 하얀 백인, 피부색이 노란 황인, 그리고 피부색이 붉은 인디언 등이 세상에 존재한다는 사실 역시 알지 못한다. 그러니 지금 버스 안에 있는 흑인을 어떻게 그 이름만 듣고 이해할 수 있겠는가? 제 눈 앞의 한 사람이 아빠 엄마와 분명 다르다는 것은 이미 눈치챘지만, 이 꼬마에게 과연 관찰, 비교하고 분류하는 능력이 있을까?

집으로 돌아온 엄마는 헤럴드 트리뷴을 집어들다가 탄식을 한다.

"아유, 제임스 볼드윈James Baldwin이 죽었네!"

볼드윈은 미국의 유명한 흑인 작가다. 사진 속 그는 밀짚모자를 쓴 채 흰 이를 드러내며 해맑게 웃고 있다.

"엄마!"

크게 부르는 소리에 신문을 보고 있던 엄마는 그만 깜짝 놀란다. 안안이 볼드윈의 사진을 가리키며 신나서 소리친다.

"흑인! 엄마, 봐봐. 또 흑인이야!"

엄마는 다시 사진을 들여다보았다. 흑백사진이라 피부 색깔이 구분되지 않았다. 그런데 이 아이가, 겨우 두 살밖에 안 된 이 꼬마아이가, 어떻게 그가 '흑인'이라는 사실을 알았을까?

안안은 그새 흑인에 대해서는 까맣게 잊은 채 곰과 늑대의 사진을 보고 있다. 사진을 보면서 아이는 해설까지 곁들인다. "엄청 크다! 사람을 문다! 잠잔다! 쓰러졌다……" 예쁘장한 아이의 머리를 가만히 쳐다보던 엄마는 가슴속에서 무한한 경외심과 감동이 솟구쳐오른다. 아이야말로 천심天心의 증거이자 아름다움의 극치일 것이다. 도대체 어떤 우주의 조화가 '인간'이라는 생명체를 탄생시킨 것일까?

엄마가 모르고 있는 사실이 하나 있었다. 안안이 구별해내는 것은 비단 흑인뿐만이 아니었다. 집에 서양인 손님이 찾아올 때면 안안의 입에서는 자동적으로 독일어가 튀어나왔다. 그리고 동양인 손님이 올 때 안안의 첫마디는 언제나 중국어였다. 마치 머릿속에 버튼이라도 있어서, 사람을 만날 때마다 각기 다른 버튼을 눌러 반응하기라도 하는 듯 절대 헷갈리는 법이 없었다. 요 조그마한 아이가 대체 어떻게 서양인과 동양인을 구분해내는 걸까?

닥스훈트

맞은편에서 닥스훈트 한 마리가 다가오고 있었다. 그보다 더 짧을 수 없을 만큼 짤따란 다리 네 개가 원통 모양의 긴 몸통을 떠받치고 있고, 배는 당장이라도 바닥에 쓸릴 것만 같았다. 화안이 개를 가리키며 고개를 들어 엄마에게 물었다.

"저게 뭐야?"

"라창거우腊肠狗, 닥스훈트야."

"야장거우."

화안은 어눌한 발음으로 따라 하더니, 만족스러운 듯 아빠를 향해 고개를 들고 다시 물었다.

"Das?"

"Ein Dackel."

아빠가 대답하자 안안은 고개를 끄덕였다. 아이의 마음속에서 세상 모든 것들은, 풀 한 포기 나무 한 그루까지 모두, 몇 개의 다른 이름을 가지고 있었다. 바퀴가 두 개 달린 탈것을 두고 엄마는 '쟈오타처脚踏車'라 부르고, 아빠는 'Fahrrad'라고 말하고, 또 유치원 친구 수잔은 'Velo'라고 부른다. 화안은 이를 당연하게 여기기에 새로운 것을 접할 때마다 꼭 세 번씩 물어본 후 세 가지 답을 모두 기억해두곤 했다.

네번째는 영어였다. 아빠와 엄마는 아이가 헛갈릴까봐 그때까지 영어는 가르치지 않고 있었다. 그러다보니 영어는 어른들 사이의 비밀언어가 되었다. 어느 날 오전, 안안이 생달걀을 두드려서 깨뜨렸다. 계란 노른자가 바닥에 흘러 흰 카펫에까지 퍼져나가는 중이었다. 사건의 당사자는 환호했다.

"엄마, Look!"

깜짝 놀란 엄마는 아이고, 하는 비명과 함께 황급히 응급처치에 나섰다. 바닥을 닦던 엄마는 번뜩 떠오른 생각에 눈으로 화안을 찾았다.

"너 방금 뭐라고 했어?"

"Look, 엄마!" 엄마가 놀라자 아이는 더 신이 나서 소리쳤다.

"Look!"

걸레를 팽개친 엄마는 망연자실한 표정으로 중얼거렸다.

"망했다! 이제 영어까지 알기 시작했어!"

왕자와 결혼해서 행복하게 살았습니다

안안과 친구 하나가 쪼그려 앉은 채 작은 트럭 하나를 두고 쟁탈전을 벌이고 있었다. 결국 트럭을 빼앗는 데 성공한 친구는 트럭을 가슴에 꼭 끌어안고는 적군의 공격에 죽을힘을 다해 맞섰다.

그런데 갑자기 안안이 트럭에서 손을 떼더니 한 걸음 뒤로 물러섰다. 엄마가 아이를 위로하려 다가가던 순간, 이 두 살배기 꼬마아이는 자그마한 두 팔을 똑바로 들어올려 사냥꾼이 총을 쏘는 자세를 취하며 친구를 향해 총구를 겨누었다. 그러고는 입으로 "탕탕" 총소리를 내더니 만족스러운 듯 말하는 것이었다.

"죽었다!"

엄마는 너무 놀라 혼비백산했다. 안안의 '사람을 죽이는 생각'이 어디서 비롯되었는지 엄마는 알고 있었다.

"할머니와 빨간 두건 아가씨를 꿀꺽 삼킨 커다란 늑대는 몹시 피곤했습니다. 그래서 할머니의 침대에 누워 드르렁드르렁 코를 골며 자기 시작했습니다."

엄마와 안안은 서로 기대고 앉아 광푸출판사光複書局에서 나온 세계 명작동화를 보고 있었다. 동화책 속 늑대는 당장이라도 책 밖으로 튀어나올 듯 생동감 있게 그려져 있었고, 커다란 입속에는 날카로운 하얀 이빨과 새빨간 혀가 도드라져 보였다.

"사냥꾼이 왔다!"

마음이 조급한 안안이 먼저 운을 떼더니 엄마 대신 이야기를 이어 갔다. 이미 수십 번은 들은 이야기라 아이는 책의 내용을 줄줄 꿰고 있었다.

"마침 한 사냥꾼이 그 작은 집 앞을 지나가고 있었습니다."

엄마가 이어받아 책을 읽어나갔다.

"그런데 집 안에서 드르렁드르렁 코 고는 소리가 나는 것이었습니다. '할머니가 왜 이렇게 괴상한 소리를 내지?' 이상하게 여긴 사냥꾼이 가까이 다가와 집 안을 들여다보니, 커다란 늑대가 집에서 자고 있었습니다. 사냥꾼은 그 즉시 총을 집어들어……"

안안은 그야말로 초집중상태로 책 속의 커다란 사냥총을 뚫어져라 들여다보며 이야기를 듣고 있었다.

"탕, 소리와 함께 총으로 늑대를 쏘아 죽였습니다! 그리고 가위로 늑대의 배를 갈라 할머니와 빨간 두건 아가씨를 구해냈습니다."

이야기를 마친 엄마는 왠지 마음이 불편했다. 늑대도 동물이다. 작은 흰 토끼와 마찬가지로 우주의 한 생명체다. 그런데 동화책에서는 늘 늑대의 배를 가른다. 아기 돼지 삼형제는 늑대의 꼬리를 까맣게 태워버리고, 어미 양은 늑대의 배를 갈라 돌멩이들을 채워넣은 뒤 강물에 빠져 죽게 만든다. 엄마는 늑대가 불공평하게 차별 대우를 받고 있다는 생각이 들었다. 그리고 이야기 속 늑대의 비참한 처지를 보면서 동화의 잔혹성과 폭력성에 관심을 가지게 되었다.

엄마는, 서구 사회에서 이미 아이 부모들이 크게 문제 삼고 있는 《백설공주》를 특별히 신경써서 읽어보았다. 이럴 수가! 왕비는 백설공주를 죽이라고 명령을 내린다. 부하가 그렇게 할 수 없다고 하자, 왕비는 경고한다.

"백설공주를 죽이지 않으면 네 목을 치겠다!"

어쩔 수 없이 부하는 백설공주에게 이 사실을 말한다.

"얼른 도망치세요! 공주님 대신 사슴을 죽이고 그 심장을 꺼내 공주님의 것이라고 왕비에게 가져다주겠습니다."

백설공주가 죽지 않은 것을 알게 된 왕비는 할머니로 변장을 하고 공주가 살고 있는 집으로 찾아간다.

"할머니로 분장한 왕비는 집 안으로 들어가자마자 리본 끈을 꺼내 순식간에 공주의 목을 졸랐습니다. 왕비는 힘을 주어 더욱 세게 끈을 잡아당깁니다. 공주가 쓰러져 움직이지 않는 것을 눈으로 확인한 뒤에야 왕비는 손을 놓고 숲속으로 도망을 갑니다."

하지만 공주는 여전히 죽지 않았고, 왕비는 머리빗에 독약을 바른 뒤 그 빗을 공주의 머리에 꽂는다.

그래도 공주가 죽지 않자 왕비는 독사의 발, 두더지의 눈, 두꺼비의 꼬리, 도마뱀의 날개를 한데 섞어 독약을 만든다. 그리고 그 독약을 사과에 바른 뒤 공주에게 건넨다……

엄마는 두근거리는 가슴을 애써 누르며 백설공주 이야기를 읽어내려갔다. 이 짧은 이야기 속에 사람을 죽이는 갖가지 방법이 들어 있었다. 칼로 목을 쳐서 죽이고, 가위로 가슴을 갈라 심장을 꺼내고, 끈으로 목을 조르고, 독약을 먹이고…… 겨우 두 살짜리 아이에게 어떻게 이런 이야기를 들려줄 수가 있지? 엄마는 책을 한쪽으로 밀어둔 채 혼잣말로 중얼거렸다. 어차피 긴 시간 성장해나가는 동안 이 아이는 인간 세상의 온갖 추악한 일을 수없이 목격할 것이다. 그런데 굳이 두 살 때부터 사람들 사이의 원한에 대해 알게 할 필요가 있을까. 행복한 어린 시절이 얼마나 눈 깜짝할 사이에 지나가는데. 그 어린 시절이 얼마나 귀하고 소중한 것인데! 그런 생각을 하면서 엄마는 《알리바바와 40인의 도둑》을 꺼내들었다.

"도둑은 카심을 보자마자 칼을 휘두르며 고함을 질렀습니다. '이 당돌한 좀도둑놈 같으니! 감히 여기가 어디라고 도둑질을 하러 와! 단칼에 죽여주마!'"

"찍소리 한 마디 못한 채 카심의 목이 떨어졌습니다."

"알리바바네 집의 현명한 하녀는 도둑들이 큰 기름항아리 안에 숨어 있다는 사실을 눈치챘습니다. 하녀는 기름을 한 양동이 가득 퍼서는 주방으로 가지고 가 큰 솥에 넣고 펄펄 끓인 다음, 항아리마다 뜨거운 기름을 부었습니다. 하나, 둘, 셋…… 서른아홉, 항아리 속 도둑들은 모두 소리 한 번 지르지 못하고 뜨거운 기름에 타 죽고 말았습니다."

"뒤뜰의 서른아홉 개 항아리 속 모두에 도둑들의 시체가 들어 있었습니다. 이를 본 알리바바는 깜짝 놀라면서도 기쁨을 감추지 못했습니다."

역시 깜짝 놀란 엄마는 숨을 깊게 한 번 들이켜고는 황급히 《백설공주》와 《알리바바와 40인의 도둑》을 책장 가장 높은 칸에 올려두었다. 화안이 작은 의자를 가져와 올라선다 해도 절대 닿을 수 없는 위치였다. 아래 칸에는 안안이 좋아하는 이야기들만 남겨두었다. 아이다의 꽃, 완두콩 이야기, 장난감 병정, 아기 돼지 삼형제…… 광푸출판사의 동화전집이 배달되어온 뒤로 안안은 좋아하는 자동차 놀이마저 마다한 채 매일같이 책을 안고 와서 한 장 한 장 넘겨보았다. 심지어 화장실에 갈 때도 책을 가지고 가겠다고 고집을 부리곤 했다.

엄마는 키가 높은 의자에 올라서서 안안에게 보여주지 않기로 한 책을 가지런히 나열해보았다. 한 권 한 권 줄을 세우다가 엄마는 피식, 웃고 말았다. 이것이야말로 검열이 아니고 무엇일까? 책들을 미리 검사하고 금지시키는 것이니 말이다. 지금껏 검열이라는 제도를 극도로 혐오해온 엄마였다. 그런데 지금 이렇게 기분 좋게 웃고 있다니. 검열도 별것 아니구나. 민중을 두 살짜리 어린아이로 여기는 것일 뿐.

저녁시간, 퇴근하고 돌아온 아빠는 바닥에 엎드려 말이 되었다. 안안을 태우고 몇 바퀴 돌더니, 아빠는 입에 거품을 물며 말할 힘도 없다는 듯 간신히 엄마에게 애원했다.

"세상에, 도저히 더는 못하겠어. 당신이 얘 좀 어떻게 해봐!"

마침 설거지를 마친 엄마는 불쌍하다는 듯 아빠의 머리를 톡톡 치고는 안안에게 외쳤다.

"방으로 들어가자. 책 읽어줄게!"

말 등에 올라타 있던 꼬마아이는 후다닥 말에서 미끄러져 내려오더니 나는 듯이 책장 쪽으로 달려갔다. 알록달록한 책들 앞에서 뒷짐을 지고 심각하게 고민하던 아이는 드디어 결정을 내렸는지 엄마에게 말했다.

"신데렐라랑 개구리 왕자!"

쿠션에 기대앉아 엄마가 아이에게 묻는다.

"안안, 너 커서 뭐가 되고 싶어?"

"음⋯⋯" 잠시 생각에 잠겼던 아이가 마침내 외친다. "공주!"

"너는 남자애야, 안안."

엄마가 아이 말을 고쳐주려는데, 안안이 말을 가로채더니 불만이라는 듯 말한다.

"안안은 남자애 아니고 남자야, 남자! 엄마는 여자고!"

"그래, 안안은 남자야. 남자는 공주가 아니라 왕자가 되는 거야. 그런데 넌 왜 공주가 되고 싶은 거야?"

"공주는, 음⋯⋯" 아이가 고개를 돌리고 생각에 잠기더니 이내 외친다. "왕자랑 결혼하려고!"

엄마는 이야기를 읽어내려갔다. 신데렐라가 아름다운 유리구두를 신자 왕자는 드디어 사랑하는 사람을 찾았다는 기쁨에 어쩔 줄 몰라 한다. 그림책 속 신데렐라는 바닥에 반쯤 무릎을 꿇고 앉아, 마주 선 채 그녀의 손에 입을 맞추는 왕자를 수줍게 바라보고 있다. "마침내 신데렐라는 왕자와 결혼해 오래오래 행복하게 살았습니다."

순간 엄마는 달콤한 음식을 먹다가 느닷없이 모래알을 씹은 것 같은 거북한 느낌이 들었다. 이런 동화들은 겨우 두 살짜리 아이들에게, 여자아이의 가장 큰 행복은 바로 왕자와 결혼하는 거라고 얘기하고 있는 것이다. 그 왕자란, 잘생기고 부자인데다 왕을 아빠로 두었기에 모두가 그 앞에서 고개를 숙이는 사람이다. 그리고, 이야기의 클라이

맥스는 언제나 한결같다. "그녀는 마침내 왕자와 결혼했습니다!"

왕자라니! 엄마는 생각했다. 지금이 어떤 시대인데. 누구나 왕자인 시대가 아닌가. 아니, 어쩌면 '요즘 왕자'는 엄청나게 부자인 아빠와 집안 대대로 물려받은 재산이 있기에 모두가 부러워하는 재벌가의 아들쯤일 수도 있겠다. 그런 요즘 왕자들도 모두 잘생겼을 것이다. 어렸을 때부터 영양가가 풍부한 음식을 섭취하고, 제멋대로 난 치아는 가지런하게 교정을 했을 테니까. 하지만 요즘 아가씨들에겐 왕자와 결혼하지 않을 권리가 있다. 신데렐라 역시 '왕자와의 결혼'이라는 은혜를 입지 않고도 충분히 행복할 수 있다. 아, 딸을 낳는다면 꼭 알려줘야겠다. 이 이야기는 가짜라고……

안안은 이미 잠이 들었다. 왕자와 공주가 결혼하는 그 페이지에 얼굴을 묻은 채.

야심

뤼빙若冰이 옛 친구를 만나러 유럽에 온다고 한다. 화안의 엄마는 옛 친구를 오랫동안 기다렸다. 저녁식사 시간, 엄마는 아빠에게 내일 도착하는 대학 동창에 대해 열심히 설명한다.

"그애는 참 예뻤고, 또 언제나 냉정하고 차가웠어요. 대학 시절 그 도도한 모습이 얼마나 부러웠는지. 우스갯소리에도 절대 웃지 않고, 그 누구와도 히죽거리는 법이 없었어요. 다들 그애가 정말 깊이 있는 아이라고 입을 모았어요. 나는 흉내낼 수조차 없었어요."

하지만 화안의 아빠는 건성으로 "응", 하고 대답할 뿐이다. 그는 타이완의 '깊이 있는' 여성에게는 전혀 관심이 없었다. 아빠는 중추 홍鐘楚紅 *처럼 야생고양이 같은 매력을 지닌 여자 배우나 싼마오三毛 ** 처럼 로맨틱한 여성을 좋아했다.

하지만 엄마의 회상은 계속된다.

"뤄빙은 패션 감각이 정말 뛰어났어요. 화려한 싱글이 되고부터는 더더욱 유명 디자이너가 만든 옷이 아니면 쳐다보지도 않았다니까요. 왜 그런지 강아지를 포함해서 작은 동물들을 끔찍이도 싫어했어요.

* 1960~, 홍콩 사람들의 자부심이라 불리는 홍콩의 대표적인 영화배우.
** 1943~1991, 중국의 현대문학을 대표하는 작가로, 꿈을 찾아 열정적인 삶을 살다 간 그녀는 지금까지도 중국 독자들의 그리움과 동경의 대상이 되고 있다.

언젠가는 학교 잔디밭에서 통통하고 털이 복슬복슬한 새끼 강아지 서너 마리가 엄마 개와 함께 햇볕을 쬐고 있더라고요. 그 모습이 너무 예뻐서 내가 쪼그리고 앉아 새끼 강아지를 쓰다듬고 있는데, 마침 그 옆을 지나가던 뤄빙이 그러는 거예요. '난 강아지가 정말 싫어. 미끌미끌한 그 느낌, 생각만 해도 몸서리쳐져!' 그러면서 강아지를 만진 내 손이 행여 닿기라도 할까봐 멀찌감치 돌아가더라고요."

"엄마, 엄마!" 그새 밥을 다 먹은 화안이 옷소매를 잡아당긴다. "이야기해줘!"

"안 돼! 몇 번을 말해야 되겠니. 아빠 엄마가 밥을 먹을 때는 너하고 놀아줄 수 없다고 했잖아. 오 분만 기다려."

엄마의 말투는 다소 사납게 느껴질 정도다. 아이가 이야기를 중간에 끊은 것에 화가 난 것이다.

화안은 '앙', 큰 소리로 울음을 터뜨리고 만다. 그날따라 유달리 쩌렁쩌렁한 울음소리에 아빠는 손가락으로 귀를 막은 채 식사를 계속하고, 귀가 따가운 걸 애써 참으며 엄마는 꼬마 홍위병*과 싸움을 벌인다.

"화안, 우는 걸 무기로 삼지 마. 계속 그렇게 울면 구석에서 벌을 서야 할 거야."

하지만 하늘을 향해 대성통곡하는 작은 얼굴에는 크고 둥근 입만 보일 뿐이다. 눈물 한 줄기가 아이의 입가로 흘러내린다. 아빠가 수저를 내려놓고 의자를 뒤로 밀고는 몸을 굽혀 아이를 안아올린다. 아이의 울음소리가 절반으로 줄어든다. 아이는 이제 독일어로 아빠에게

• 1966년에 본격화한 중국 문화 혁명의 한 추진력이 된 학생 조직.

일곱 마리 까마귀 이야기를 들려달라고 조른다.

엄마는 길게 한숨을 내쉰다.

"당신이 그렇게 하면 내가 어떻게 아이를 가르치겠어요?"

아빠와 아이 둘 다 엄마의 말을 듣지 못한다. 두 사람은 함께 앉아 일곱 마리 까마귀 이야기를 읽고 있다. 아빠 품에 안긴 화안의 눈가에 아직 눈물 한 방울이 가만히 매달려 있었다.

뢰빙이 도착하기 전, 엄마는 일찌감치 스페인 가정부에게 청소를 시켜두었지만, 그러고도 삼십 분은 직접 꼼꼼히 정리를 해야 했다. 이 가정부에게 고질병이 하나 있었기 때문인데, 그건 그녀가 틈에 밀어 넣기를 좋아한다는 거였다. 예를 들어, 주방 조리대 위에 빗이 놓여 있다고 하자. 아마도 엄마가 욕실에서 머리를 빗다가 화안이 혼자 조리대 위에 올라가 있는 걸 발견하고는 얼른 쫓아나와 아이를 안전하게 내려놓고는 깜빡하고 빗을 그 자리에 그대로 남겨놓았을 것이다. 그러면 가정부는 그 빗을 욕실의 제자리에 가져다두지 않고, 어떻게든 주방 안에서 처리했다. 주방에서 어딘가 빈틈을 찾아내어 거기다 빗을 쑤셔넣고는 조리대 위만 깔끔해 보이게 하는 식이었다. 거실 테이블에 펜이 놓여 있으면 그 펜을 서재에 가져다두지 않고 거실의 어느 빈틈을 찾아내어 거기에 집어넣었다. 그렇게 거실 테이블을 깨끗하게 정리하는 거였다.

그래서 엄마는 종종 의외의 발견을 하곤 했다. 빈 맥주잔 안에 빗이 꽂혀 있는가 하면, 어항 밑에서 펜이 나오기도 하고, 돌돌 말린 더러운 양말이 먼지랑 뒤엉킨 채 꽃병 안에 박혀 있거나, 장난감 트럭들 사이에서 뒤집개가 나오기도 했다. 물론 이런 예상치 못한 발견이 있기 전에는 언제나 머리를 싸매고 이러저리 물건들을 찾아다니는 과정이 있다. 지금 엄마가 찾고 있는 특별 수사 목록은 가계부 한 권(도마 밑에 납작하게 깔려 있는 건 아닐까?), 클렌징크림 한 통(냉장고에 들어가 있지 않을까?), 털장갑 한 짝(혹시, 음, 화장실에?) 등이다. 그것들 말고도 자질구레한 물건들이 더 있는데 너무 오래되어 잊어버렸다.

스페인 가정부는 일주일에 세 번 와서 두 시간씩 일을 했다. 엄마는 타이완 돈으로 시급 삼백오십원 정도를 가정부에게 주었다.

"그래도 이 정도면 괜찮은 편이야." 엄마는 돈을 세면서 스스로에게 들으라는 듯 중얼거렸다. "그래도 변기 청소용 솔로 접시를 닦지는 않잖아. 젓가락을 배수관에 집어넣지도 않고. 그러면 됐지 뭐…… 그럼 됐어."

하지만 결벽증이 있는 뤄빙이 집에 오기로 했기에 엄마는 특별히 더 신경쓰지 않을 수 없었다. 카펫을 들추어 레코드 케이스가 깔려 있지는 않은지 살펴보고, 바닥에 엎드려 책장과 벽 사이의 틈을 들여다보았다. 아니나 다를까 장난감 소방차 한 대가 눈에 들어왔다. 집 안 정리가 끝난 후엔 자기 자신을 정리하기 시작했다. 오트밀이 끈끈하게 붙어 있는 운동복 바지를 벗어던지고, 우유 냄새가 밴 머리도 깨끗이 감았다. 그러고 나서 거울을 들여다보니, 그제야 얼굴 여기저기에 그려진 붉은 립스틱 자국이 눈에 들어온다. 아침에 화안이 엄마 입술에 립스틱을 발라준다며 문신이라도 새기듯 이리저리 그어놓은 것이었다.

특별히 엄마는 화장까지 했다. 뤄빙에게서 아줌마 같다는 소리를 듣고 싶지는 않았다. 마지막으로 거울을 한 번 더 들여다보는데, 이마

위로 흰머리 몇 가닥이 눈에 띈다. 가벼운 화장으로는 가려지지 않는 주름도 한눈에 들어온다. 순간 어떤 장면 하나가 아련하게 떠오른다. 수십 년 전, 또 다른 엄마 하나가 거울을 보며 화장을 하다가는 한숨을 푹 내쉬며 바로 곁에 있는 열 살짜리 딸아이에게 말한다. "엄마도 이제 늙었나보다. 봐봐, 서른여섯에 벌써 주름이 이렇게 많네."

그때 그 귀엽던 딸아이가 지금 거울을 보고 있는 서른여섯의 엄마다. 우주의 질서는 그 굳센 발걸음을 한발 한발 내디디며 뚜벅뚜벅 끝을 향해 나아가고 있다. 정확하고 일정한 그 걸음의 속도는 그 누구도 늦출 수가 없다.

엄마는 조용히 한숨을 내쉰다. 그때 초인종이 울린다.

뤄빙은 독립적인 여성으로, 세계 어디를 가든 누군가 공항으로 마중 나오거나 배웅 나가는 걸 원치 않았다. 그녀는 말하곤 했다.

"쓸데없는 짓이야, 성가시기만 하지! 게다가 이별하고, 악수하고, 인사말을 나누는 건 딱 질색이라고!"

문이 열리고 눈이 마주치자마자, 뤄빙 입에서는 이런 말이 튀어나왔다.

"어쩌다 이렇게 변한 거야. 중년 아줌마가 다 됐잖아!"

엄마는 두 팔을 벌려 오랜 친구를 다정하게 껴안았다. 친구에게서 은은한 재스민 향이 풍겨나왔다.

뤄빙이 거실로 들어서면서 물었다.

"아이는?"

"너는 작은 동물을 싫어하잖아." 엄마가 말했다. "유아원에 갔어."

화안이 집으로 돌아왔을 때, 뤼빙은 마침 자신의 한 해 계획에 대해 설명하고 있었다. 일 년간의 휴가 중에서 반년은 서유럽의 미술관과 명승지를 돌아다니고, 그다음 두 달은 중국 대륙을 여행할 예정인데, 모스크바에서 기차를 타고 시베리아를 거쳐 베이징까지 갈 계획이라고 했다. 그리고 남은 네 달은 비교문학 관련 논문을 몇 편 쓰는 데 몰두할 예정이라고 했다.

"엄마." 화안은 거리를 두고 멀찌감치 떨어진 채 경계심 어린 눈으로 낯선 이를 바라보았다. "누구야?"

"타이베이에서 온 렁霳 이모야. 얘는 화안. 자, 두 사람 서로 악수하렴."

화안은 악수를 하면서 눈 한 번 깜빡하지 않고 렁 이모를 빤히 쳐다보았다.

손님은 조금 어색해했다. 화안을 안아주고 싶은 마음도, 자상한 척 아이에게 친근하게 대하고 싶은 마음도 없는 듯 보였다. 하지만 화안은 어느새 그녀의 무릎 앞까지 다가와 가슴께에 달려 있는 장신구를 만지작거리고 있었다.

"이건 뭐야, 엄마?"

"목걸이. 그건 목걸이라는 거야."

"예뻐!"

화안은 뤼빙이 제 맘에 든다는 뜻을 내비쳤지만, 동시에 그녀가 자신을 안아주고 뽀뽀해주는 다른 이모들과는 좀 다르다는 점 역시 간파한 듯싶었다. 아이는 곧장 그녀에게서 떨어지더니 혼자서 배를 만들며 놀았다.

"평소에는 어떻게 지내?"

손님은 안도의 한숨을 내쉬며 아이 때문에 구겨진 실크바지를 곧게 펴고는 우아하게 페퍼민트 티를 홀짝였다.

"나는……" 엄마는 아이에게 우유를 따라주면서 대답한다. "아침 일곱시가 조금 넘어서 아이가 일어나면 뒤따라 일어나 아침밥을 먹여. 그리고 아이를 씻기고, 기저귀를 갈아주고, 옷을 갈아입힌 뒤 아이에게 양치질을 하게 해. 그러고 나서 나도 좀 정리를 한 다음 아홉시 전까지 아이를 유아원에 데려다줘. 그럼 열시쯤에는 일을 좀 시작할 수 있어……"

"글을 쓴다는 얘기니?"

"아니. 우선 뭐든 좀 읽어. 신문 잡지가 어찌나 많은지 늘 다 못 보기 일쑤야. 원고 마감이 얼마 남지 않았을 때는 오전 열한시에서 오후 네시까지 계속 책상에 앉아 있는데, 그럴 땐 점심 먹을 시간도 없어. 그러다 네시가 되면 서둘러 아이를 데리러 유아원으로 가. 그때부터는 다시 아이와 보내는 시간이야. 공원에 데리고 나가 한 시간 정도 놀게 한 뒤에 집으로 돌아와서 저녁 준비를 하고, 아이에게 저녁을 먹이고 목욕시킨 후에 책을 읽어주다가 아홉시가 되면 침대에 눕혀. 그러고 나면 거의 파김치가 되지."

뤄빙은 동정 어린 눈빛으로 엄마를 바라보았다.

"안안이 태어나기 전엔 너에게도 계획이 많았던 것 같은데……"

"그랬지."

엄마의 말은 안안에 의해 중단되고 만다. 아이는 엄마에게 구명보트를 배에 싣는 것을 도와달라고 했다. 잠시후, 엄마는 말을 이었다.

"지금도 매일같이 하고 싶은 수많은 일을 떠올려보곤 해. 일단 최신 서양문학 비평이론을 좀더 깊게 연구해보고 싶어. 예를 들어 자크 데리다Jacques Derrida의 해체주의 같은 것도, 이론적으로는 알고 있지만, 이 이론을 실제 작품에 어떻게 적용해서 분석할 수 있을지, 그 장점과 한계는 무엇인지 연구해보고 싶어. 또 헝가리나 체코 같은 동유럽의 현대문학도 심도 있게 공부해보고 싶고. 전제정치하에서 빈곤을 겪고 있는 루마니아의 문학도 마찬가지고. 참, 알고 있니? 이오네스코Ionesco의 작품이 루마니아에서 또 무대에 오른대. 프랑스어로 작품을 쓰긴 했지만 이오네스코는 원래 루마니아 사람이니까…… 어머나, 내가 정말 못살아!"

화안은 라디오 앞에 앉아서 오디오테이프에서 필름을 끄집어내는 일에 몰두하고 있었다. 이미 빼낸 필름들은 죄다 뒤엉켜 있다.

엄마가 오디오테이프들을 구해내는 모습을 지켜보던 뤄빙은 어쩔 줄 몰라한다.

"저애는 조용히 앉아서 책을 보거나 하지는 않는 거니?"

엄마는 연필을 오디오테이프 구멍에 끼워넣고 돌돌 말면서 대답한다.

"뤄빙, 새끼 원숭이가 조용히 앉아서 책을 보는 거 본 적 있니?"

"화안, 《백설공주》 볼래?"

엄마는 비디오테이프를 틀었다. 엄마는 알고 있었다. 백설공주가 대략 삼십 분 정도는 평화를 가져다줄 것이었다.

"그리고 또, 중국 당대當代 작가들의 소설들도 모두 훑어보고 싶어. 북방에서 남방까지, 한 권 한 권 작품을 읽은 뒤에 하나하나 비평을 쓰는 거지.

　그리고 여행도 가고 싶어. 너처럼 중국 대륙에 가보고 싶어. 티베트에서 두 달, 산베이陝北에서 한 달, 둥베이東北에서 한 달쯤 보낸 다음 상하이와 베이징에서도 한 달씩 머무는 거야. 그리고 네이멍內蒙古 자치구랑 몽골에도 가보고 싶어. 또 프랑스 남부의 시골 마을에도. 마을마다 찾아다니며 흐르는 강들을 하나하나 보고 싶어.

　또, 최고의 인터뷰 기사를 쓰고 싶어. 국가를 테마로 해서 나라별로 한 편씩 쓰는 거야. 가장 무미건조한 주제를, 가장 생동감 넘치는 방식으로 하지만 심도 있게 써내려갈 거야. 그 안에서 살아 숨쉬는 인간을 독자 앞에 가져다놓는 거지.

　그리고 TV 프로그램도 제작해보고 싶고……"

　"그건 또 무슨 말이야?" 뤼빙이 담담하게 물었다. "넌 예전부터 TV를 제일 무시했잖아."

　"일단 좀 들어봐!"

　엄마는 TV를 힐끗 쳐다보았다. 일곱 명의 난쟁이들이 깊이 잠든 공주를 둘러싸고 이러쿵저러쿵 이야기를 하고 있었다.

　"내가 만들어보고 싶은 건 바로 유럽의 각 나라에 대한 시리즈물이야. 나라마다 각각 한 시간 정도의 영상물을 제작하는 건데, 예를 들어 스위스를 소개하는 꼭지는 '과연 누가 스위스 사람일까?'를 제목으로 잡고, 다양한 언어와 종족 그리고 문화가 혼재하는 특별한 나라 스위스를 카메라에 담는 거지. 단순히 한 나라의 풍경이나 사람들의 일상을 보여주는 영상물이 아니라 각각 주제를 정해 깊이 있게 문제를 파헤치고 그 사회와 문화를 꿰뚫어보는 다큐멘터리를 만드는 거야. 물론 매 편마다 작가의 개성과 그만의 시선이 담겨 있어야 해. 마치 한 권의 책처럼 말이야. 스위스 다음으로는 독일에 대해 찍고 싶어. 그런 다음 책을 출판하듯 각 나라별로 비디오테이프를 만들어 판매도 하고……"

엄마는 눈을 반짝이며 마치 꿈을 꾸듯 이야기를 이어나갔다. 하지만 손님은 냉정하게 물었다.

"그런 영상물을 사서 볼 '독자'들이 과연 있을까?"

"왜 없을 것 같아?" 흥분한 엄마는 손짓발짓까지 해가며 소리를 높였다. "타이완도 이제 돈에만 의지할 것이 아니라 내실을 다져야 해. 과거에는 당장 눈앞의 생존문제를 해결하는 게 급했지만 이제는 생활이 풍요로워졌고, 다들 점점 눈길을 세계로 돌리고 있잖아. 입으로만 그렇게 외칠 것이 아니라 진정으로 세계를 바라보고 관심의 영역을 넓혀가면서 타이완만의 세계관을 가져야 해. 중국인의 관점으로 독립적으로 세계를 이해해가면서……"

"엄마." 화안이 엄마 치마를 잡아당겼다. "끙끙했어."

"응?" 엄마는 몸을 깊이 숙여 아이 엉덩이에 코를 가져다댔다. 진한 냄새가 풍겨왔다. "아가야, 제발 끙끙하고 난 뒤에 말하지 말고 끙끙하기 전에 말해줄래? 스위스 아이들은 보통 이십칠 개월이 되면 기저귀를 안 차고 혼자서 화장실에 간다는데. 며칠만 지나면 너도 이십칠 개월이 되니까, 제발 엄마를 좀 도와주렴."

화안은 아무 대꾸 없이 엄마를 화장실로 끌고 들어갔다.

잠시 후 거실로 돌아온 엄마는 TV를 끄고 색연필과 종이를 꺼내 바닥에 놓아주며 안안에게 그림을 그리라고 했다.

"그리고," 엄마에겐 아직 할 이야기가 남아 있었다. "하고 싶은 일이 한 가지 더 있는데, 바로 아동도서 시리즈를 만드는 거야. 동양화가 추거楚戈를 찾아갈 거야. 늙은 아이라고 불리는 화가 추거 너도 알지? 우선 타이완을 대표할 만한 열 가족을 선정하는 거야. 그러니까 체딩茄萣의 어민 가족, 핑둥屛東의 농민 가족, 싼이三義의 객가客家*, 지룽基隆의 광부 가족, 란위蘭嶼 섬의 원주민 가족, 타이둥臺東의 유목민 가족 등을 고르는 거지. 물론 반드시 아이가 있는 집이어야 해. 각 가정마다 직접 방문해서 그들이 평소 어떻게 생활하는지 아이를 중심으로 살펴본 후에 추거는 그림을 그리고 나는 글을 쓰는 거야. 이렇게 다양한 가족의 삶의 이야기를 한 권의 아동서로 만들어서 아이들에게 타이완 사람들의 생활방식과 타이완의 환경을 이해할 수 있도록 하는 게 내 계획이야. 어때?"

"배고파, 엄마, 배고파!" 언제 다가왔는지 화안이 엄마의 옷소매를 잡아당기며 보챈다. "엄마, 배고파 죽겠어!"

꼬맹이는 볼록한 제 배를 손으로 꾹꾹 누르며 배가 고프다는 시늉을 해 보인다.

그때 갑자기 뤄빙이 벌떡 일어나더니 허리를 굽혀 바닥 여기저기 흩어져 있는 색연필들을 줍기 시작했다. 엄마는 그제야 알아챘다. 어, 거실이 언제 이렇게 엉망진창이 됐지? 이쪽 구석에 사진첩이 어수선하게 흩어져 있는가 하면, 저쪽 구석에는 장난감 블록이 한 무더기 쌓여 있다. 책들은 책장에서 나와 여기저기에 펼쳐져 있고, 방석은 모두

---

* 서진西晉 말년부터 원元대까지 황하 유역에서 점차 남방으로 이주한 종족.

의자에서 내려와 집 모양으로 쌓여 있다.

화안에게 햄두부샌드위치를 만들어준 엄마는 조심스레 다리를 들어 장난감 블록을 넘고 책을 넘고 방석을 넘어, 소파 위에 털썩 주저앉았다. 갑자기 심한 피로감이 밀려왔다. 뤼빙이 옆에서 엄마의 안색을 살피며 부드럽게 말을 건넨다.

"그렇게 많은 너의 꿈과 계획이, 엄마가 되고 나서 모두 실현할 수 없게 된 거지?"

엄마는 녹초가 된 몸을 소파에 기대며 힘없는 목소리로 대답했다.

"응."

"그래서, 후회하니?"

그렇게 물어보는 뤼빙의 얼굴은 엄마의 인생을 꿰뚫어보는 듯 복잡한 표정을 짓고 있었다. 그녀는 인간의 삶을 연구하는 사람이었다.

그때, 화안이 가만가만 소파 위로 기어올라오더니 엄마 몸 위로 완전히 포개지며 안겨왔다. 아이는 엄마의 가슴에 머리를 기대고는 편안하고 만족스러운 듯 가만히 엄마의 심장박동과 따스한 온기를 느꼈다.

엄마는 두 팔로 화안을 감싸안고 턱으로 아이의 정수리를 가볍게 문지르며, 한참을 아무 말도 하지 않았다.

잠시 후 엄마가 입을 열었다.

"아니, 그렇지는 않아." 그리고 다시 침묵. "어떤 경험은…… 도저히 말로 표현할 수가 없거든……"

유럽 할머니

"엄마, 일어나!"

안안이 손가락으로 굳게 닫힌 엄마의 눈꺼풀을 억지로 벌린다. 흡사 검시관이 죽은 이의 눈꺼풀을 열어젖히는 듯하다.

엄마는 평소 같지 않게 곧장 몸을 일으키지 않고 오히려 이불을 끌어당겨 머리끝까지 덮어쓴다. 곧이어 이불 속에서 낮게 잠긴 목소리가 새어나온다.

"어서, 어서, 유럽 할머니한테 가봐! 할머니가 아침을 주실 거야."

화안은 그제야 생각이 난다. 참, 여기는 유럽 할아버지 할머니 집이었지! 신이 난 아이는 곧장 더듬더듬 아래층으로 내려간다.

아래층에서 나이든 여자의 유쾌한 목소리가 들려온다.

"잘 잤니, 우리 아가?"

그 소리에 엄마는 마음을 놓고 이불을 껴안은 채 다시 잠이 든다. 자신에게 늦잠 잘 권리를 준 시어머니에게 감사하면서.

헝클어진 머리에 잠이 덜 깬 눈으로 아래층으로 내려오자 식탁에는 이미 아침식사가 차려져 있다. 어머니가 직접 구운 케이크와 빵에 버터, 그리고 커피 주전자 밑에는 커피가 식지 않도록 푸드워머 아래 초가 타고 있다. "안녕히 주무셨어요?" 인사를 하며 막 의자에 앉으려는

데, 유럽 할머니가 크게 외치는 소리에 엄마는 그만 깜짝 놀란다.

"세상에나, 꼬마 아가씨!" 어머니가 고개를 가로저으며 말한다. "맨발로 그냥 내려오다니, 그러다 얼어 죽으면 어쩌려고……"

엄마는 발을 움츠려 의자 모서리에 올려놓고는 커피를 따르며 대답한다.

"됐지요? 제 발이 바닥에 닿지 않으면 되는 거죠?"

어머니가 말한다.

"얘야, 머리가 시원하고 발이 따뜻하면……"

"머리가 시원하고 발이 따뜻하면," 유럽 할머니의 말을 되받아 엄마가 노래하듯 외친다. "의사가 망한다! 그런 독일 속담이 있지요. 그런데, 머리가 따뜻하고 발이 시원하면요?"

노부인은 정말 못 말리겠다는 듯 연신 고개를 가로저었다. 그때 유럽 할아버지가 고개를 쑥 내민다.

"이봐요, 어서 와서 우리 손자가 마술 부리는 것 좀 봐요!"

유럽 할머니는 얼른 행주를 내려놓고는 신이 나서 주방을 나간다.

엄마는 커피를 마시며 누렇게 바랜 사진 한 장을 유심히 들여다본다. 사진 속에는 곱슬머리 아기 하나가 마차에 손을 얹고 엉거주춤 서 있다. 통통한 볼과 작고 포동포동한 손이 눈에 들어온다. 그 마차는 당시 유럽 할아버지가 옆집 목수에게 부탁해 만든 것으로, 지금은 화안의 방에 있다. 화안은 그 마차 위에 올라서는 엄마에게 손을 흔들며 자못 진지하게 말하곤 했다.

"엄마, 안녕! 안안 회사 갔다 올게! 키스해줘!"

사진 속 마차 옆 금발의 아기는 지금 위층 침실에서 늦잠을 자고 있었다. 평소 같으면 새벽같이 일어나 여덟시면 사무실에 도착해 중동의 정치 상황과 독일의 경제 동향 등을 살피며 내년 투자시장을 예측하고 있었을 것이다. 하지만 오늘 아침, 그는 침대에서 평온하게 늦잠을 즐기고 있었다. 언제든 먹을 수 있는 아침식사가 아래층에 준비되어 있다는 것도 그는 알고 있다. 어쩌면 위층까지 진한 커피향이 전해졌을지도 모른다. 그렇다. 여기는 그의 엄마의 집인 것이다.

거실에서 서로 쫓고 쫓기며 장난치고 웃어대는 소리가 들려온다. 엄마는 사진을 얼른 주머니에 넣는다. 어머니의 앨범에는 화안 아빠가 태어났을 때부터 열네 살이 될 때까지 커가는 모습들이 사진에 담겨 있었다. 어머니는 그 앨범을 며느리에게 주려 하지 않았고, 며느리 역시 그런 어머니의 마음을 잘 알고 있었다. '지금 이 남자는 당연히 아내인 너의 것이다. 하지만 그의 과거는 엄마인 나의 것이다.'

'하지만 한 장 정도는 몰래 가져가도 괜찮겠지?'

스스로에게 그렇게 말하며, 엄마는 문득 이 년 넘게 기록해오고 있는 '안안의 책'이 떠올랐다. 그 안에는 엄마 뱃속에서 갓 나와 아직 온몸이 피투성이인 화안의 사진을 비롯해서 세 식구가 이 년 넘게 함께 살아온 발자국과 울음소리가 모두 들어 있었다. 어쩌면 엄마 역시 백발이 성성해진 어느 날, 한 젊은 여성에게 이렇게 말해야 할 것이다.

"지금 이 남자는 당연히 아내인 너의 것이다. 하지만 그의 과거는 엄마인 나의 것이다."

어쩌면 이렇게 바꾸어 말할지도 모른다.

"이 남자의 과거는 엄마인 나의 것이지만, 지금의 그는 온전히 아내인 너의 것이니 자, 가거라!"

순간 엄마의 눈에 눈물이 가득 차올랐다. 왠지 모르게 숙연해지면서도 벅차오르는 기분이었다. 눈물 한 방울이 접시 위로 떨어져, 케이크 옆에서 반짝였다. 한 층은 초콜릿, 또 한 층은 아몬드, 그렇게 번갈아가며 층층이 쌓아올린 레이어케이크는 마치 아름다운 예술작품 같았다.

이 케이크를 만든 일흔다섯의 노부인은 그동안 또 얼마나 많은 눈물을 흘렸을까?

간신히 자신의 감정을 추스르는 엄마 귀에 '꽥꽥' 어머니가 흉내내는 오리 소리와 좋아서 어쩔 줄 모르는 화안의 웃음소리가 들려왔다. 큰 눈을 가진 열여섯의 마리아는 하얀 치마를 입고 사과나무 아래 서 있었다. 5월의 사과나무에는 작고 향기로운 사과 꽃이 가득 피어 있었다. 마리아는 나무 아래에서 편지를 읽었다. 바람이 불어오자 하얀 사과 꽃이 싱그러운 향기를 풍기며 날아와 편지 위로 내려앉았다.

편지를 쓴 이와 결혼한 마리아는 사내아이를 둘 낳았고, 아이들은 사과나무와 젖소, 가죽 냄새를 맡으며 무럭무럭 자라났다. 그사이 독일은 점점 파멸의 길로 접어들고 있었다. 군복을 입고 총을 짊어진 아이들 아빠는 마리아에게 입맞춤을 남기고는, 푸른 풀잎들이 드문드문 솟아난 돌길을 따라 전쟁터로 떠났다.

"이 옷을 너에게 주마."

어머니가 말했다. 속이 비치는 시폰 블라우스의 가장자리에는 붉은 꽃무늬가 수놓아져 있었다. 엄마는 블라우스를 자세히 들여다보았다. 그 붉은 꽃무늬가 이상하리만치 아름답게 느껴졌다.

"새 옷은 아니야." 어머니는 오래된 꽃무늬를 어루만지며 담담하게 말했다. "당시 소련의 전쟁터에서 그 사람이 보내온 옷이란다. 사십 년 동안이나 간직하고 있었지."

엄마는 꽃무늬가 수놓인 그 시폰 블라우스를 조심스럽게 서랍에 넣으면서 주체할 수 없는 큰 슬픔에 휩싸였다. 얼음과 눈으로 뒤덮인 그 척박하고 위험한 이국의 전장에서, 이 옷은 독일 장교의 손에 꼭 쥐어져 있었을 것이다. 거칠어진 그의 손이 부드러운 손길로 포장하고 간절한 마음을 담아 독일까지 보내온 것이다. 사과나무 아래에서 편지를 읽던 마리아에게로.

그는 그곳에서 죽었다. 멀고 먼 이국의 전장, 얼음과 눈으로 뒤덮인 척박하고 위험한 그 땅에서. 그는 다시는 사과나무 아래로 돌아오지 못했다.

엄마 역시 어머니가 선물한 그 시폰 블라우스를 한 번도 입지 못했다. 차마 입을 수가 없었다.

혼자가 된 마리아를 위해 눈물을 흘려주는 사람은 많지 않았다. 모든 것이 무너져버리고 난 전후의 독일에는 도처에 미망인들 천지였다. 비극은 넘쳐났고 재앙은 끝이 없었지만 사람들의 눈물에는 한계가 있었다. 나라가 산산조각났는데 가정이 무슨 소용이겠는가.

"당연히 너희 어머니가 나를 쫓아다녔지!" 유럽 할아버지가 의기양양하게 말한다. "그 당시 네 어머니는 과부인데다가 혹이 두 개나 달려 있었어. 그러니 네 어머니가 그렇게 매달리지 않고서야 어떻게 내 아내가 될 수 있었겠니?"

어머니는 그 옆에서 빙그레 웃으며 아이를 어르듯 대꾸한다.

"그럼요, 그럼요. 우리 마을의 모든 여자들이 당신에게 시집가고 싶어했지요."

　돌길을 밟고 사과나무 아래로 온 이는 동쪽에서 온 타향 사람이었다. 그 역시 그녀의 커다란 눈망울에 매료당했던 것일까? 두 사람은 그 나무 근처에서 함께 살기 시작했다. 사실 남자는 동쪽에 있는 고향으로 돌아갈 수가 없었다. 동쪽의 고향은 몇 해 지나지 않아 장벽의 저쪽 편에 놓였고, 동독이라 불리게 되었다.

　"적지 않은 나이세요, 어머니." 이미 다 커버린 사내아이가 마리아에게 말한다. "이제 아이를 낳으시면 쭈글쭈글하고 못생긴 녀석이 나올지도 모르겠어요."

　아이는 그래도 계속 태어났다. 온통 적막하기만 한 전쟁 직후였지만 아기의 울음소리는 여전히 사람들을 기쁘고 들뜨게 만들었다. 아이들이 세례를 받는 교회는 미래에 대한 축복과 기도로 가득 찼다. 물론 그 아기가 삼십 년이 지나 타이완 출신의 여자와 부부가 될 줄 알았던 이는 아무도 없었겠지만.

　"셋째가 태어날 무렵, 첫째가 갑자기 어지럽다고 하고, 기운도 없다는 거야……" 어머니가 말을 잇는다. "그때 우리는 그애를 대학에 보낼 준비를 하고 있었지. 얼마나 똑똑한 아이였는지 몰라. 지식에 대한 열정도 대단했고……"

　마리아는 이 년 동안 병상을 지키면서 씩씩하고 늠름했던 아들의 근육이 조금씩, 점점 더, 왜소해져가는 모습을 지켜보았다. 그렇게 아들은 휠체어에 앉혀졌다가, 어느 날 관 속에 누였다.

　"소아마비 백신은 그러고 나서 일 년인가 이 년인가 뒤에 발견되었어. 그제야 말이야!" 마리아가 목소리를 높였다. "아이가 내 품안에서,

이미 다 자라 한 남자가 되어 있던 그 아이가, 숨을 멈추는 모습을 지켜봐야 했어……"

아침식사를 마치고 설거지를 끝낸 엄마는 할아버지 할머니와 손자가 정원에서 함께 놀고 있는 모습을 보았다. 엄마는 생각했다. '화안 아빠도 너무하네. 이 시간까지 자다니. 화안을 데리고 수영하러는 안 갈 생각인가?'

함께 수영장에 다녀온 뒤, 엄마는 화안을 재우고 아래층으로 내려와 유럽 할머니를 찾았다.

할머니는 다림질을 하고 있다. 그 순간 엄마의 눈에 들어온 것은, 화안네 세 식구가 어제 벗어놓았던 옷가지들이었다. 그것들은 어느새 깨끗하게 세탁되고 건조되어 네모반듯하게 개어진 채 한쪽에 놓여 있었다. 게다가 그 순간 할머니가 다리고 있는 것은 엄마의 속옷이었다.

"세상에나, 어머니!" 엄마는 마음이 조급해진다. "저, 저, 저…… 제 옷은 다림질 안 하셔도 돼요. 어차피 막 입는 옷들인데……"

하지만 어머니는 하던 일에서 눈을 떼지 않고 속옷 가장자리를 잘 맞추어 꼼꼼하게 다림질을 하면서 대답한다.

"말리지 마라. 난 할 거야. 너희 옷은 당연히 모두 다려야지!"

엄마는 말하고 싶었다.

'하지만 속옷은 안에 입는 거잖아요. 어차피 아무도 안 보는데 뭐하러 다려요?'

그 말이 목구멍까지 차올랐지만 입을 열지는 않았다. 어머니가 어떻게 대답하실지 엄마는 이미 알고 있었다.

'겉과 속이 같아야지! 속옷도 다려 입으면 단정하고 좋지, 나쁠 게 뭐 있니?'

아무 말도 못 하고 손님방으로 돌아와보니, 침대 위에 아무렇게나 흐트러져 있던 이불 두 채가 네모반듯하게 정리되어 가지런히 놓여 있다. 엄마는 몸을 돌려 아빠에게 말한다.

"내일 밖에 나갈 때는 이 방문을 잠가놓는 게 어때요? 그래야 어머니가 또 방에 들어오셔서 손수 정리하지 않으시죠."

"그럴 수는 없어." 아들은 네모반듯한 이부자리 위에 털썩 드러누우며 공중을 향해 신을 벗어던진다. "일을 못 하시게 하면 아마 어머니는 사는 재미를 못 느끼실 거야. 들었어? 내일은 또 '노인정'에 봉사하러 가신대. '노인들'을 위로하러 말이야! 어쩌면 어머니는 그 '불쌍한 노인들'을 위해 노래까지 부르려 하실지도 몰라."

아이를 가진 제자에게

중민鍾敏에게,

계산해보니, 네가 임신한 지 칠 개월이 조금 넘었구나. 타이베이에 매미 울음소리가 사방에 울려퍼질 때 아기가 세상에 태어나겠네. 어때? 기쁘니, 아니면 걱정이 되니?

화안이 태어나기 전에 화안 아빠와 나는 육 주 정도 '라마즈 분만법' 강의를 함께 들었어. 그때 타이완 병원에서 출산을 앞두고 있는 부부들에게 출산시에 어떤 마음가짐을 가지고 어떻게 대처해야 하는지 무료로 가르쳐주었거든. 하지만 그렇게 육 주 동안 준비했음에도 불구하고 출산은 내가 상상조차 해보지 못한 거대하고도 처절한 종류의 고통이었어. 침대에 누워 어떻게든 호흡을 조절하려 애쓰다가, 견딜 수 없는 고통이 엄습해오자, 나는 속으로 분개했지. '빌어먹을 라마즈, 이런 극한의 고통을 어떻게 의지력으로 견뎌낼 수 있단 말이야!'

그러니 젠핑建平이 꼭 너와 함께 분만실에 들어가야 해. 두 사람의 아이이니, 아이를 낳는 것 역시 두 사람 모두의 일이야. 의사와 간호사가 많은 환자들을 돌보느라 이리 뛰고 저리 뛸 때 네 손을 잡아줄 사람, 밀려오고 또 밀려오는 진통의 아픔을 너와 함께 견뎌줄 사람은 오직 남편밖에 없어. 부부가 한마음으로 어려움을 헤쳐나가기에 이보다 더 좋은 시간은 없을 거야. 먼저 둘이서 함께 고통을 이겨낸 다음, 고통 뒤에 오는 기쁨도 함께 누리렴.

그때 타이완 병원에 있던 한 미국인 의사가 중국 남성들 가운데 칠십 퍼센트가 아내와 함께 분만실에 들어가기를 꺼린다고 말해주더구나. "아이를 낳는 건 집사람 일"이라고 말하는 이도 있고, "아내가 피를 흘리는 모습을 보는 게 괴롭다"고 하는 이도 있다면서 말이야. 그리고 그들보다 훨씬 더 많은 남자들이 "여자의 피를 보는 것은 불길하다"고 믿는다고도 했어.

피투성이 안안은 커다란 집게에 끄집어내어져서 세상에 나왔어. TV에서 보던 거랑은 달랐지. 나는 아이를 바로 품에 안지 못했어. 행복에 겨워 눈물을 반짝이지도 않았지. 하반신은 마취 때문에 아무 감각이 없었고, 몸과 마음 모두 지칠 대로 지쳐 쓰러지기 일보직전이었어. 아기에게 눈길 한 번 줄 마음도 나지 않았으니까. 의사는 막 탯줄을 자른 작은 생명을 아이 아빠의 커다란 손 위에 가만히 올려주었어.

"발가벗은 아이의 매끈한 몸이 내 손바닥에 닿는 그 순간, 나는 그애를 사랑하게 되었어." 화안의 아빠는 무척 자랑스럽게 말했지. "잊지 마. 이 세상에서 맨 처음 그애를 안은 사람은 바로 나야."

출산을 통해 이 우주의 심오한 이치를 증명해내고, 갓 태어난 새 생명을 품에 안을 수 있다는 건 정말 커다란 축복일 거야! 그런데 아직도 이런 특권을 거부하는 남자들이 있다니.

내가 아이에게 젖을 먹이던 거, 혹시 기억나니? 너희 대학원생들을 집으로 불러 응접실에서 수업을 했었지. 너희들이 오는 날이면 나는 먼저 아이에게 젖을 먹였단다. 늘 그렇듯 통유리창 앞에 앉아 저 멀리 관인산觀音山과 단수이강淡水河을 바라보면서 말이야. 아이들은 잔뜩 부풀어오른 엄마의 젖가슴을 욕심껏 움켜쥐고 빨고 또 빨면서, 엄마의 온기와 심장박동을 느낀단다. 나는 화안에게 꼬박 일 년 동안 젖을 먹였어. 지금도 앞섶을 헤치고 아이에게 젖을 먹이는 젊은 엄마들을 보면 나도 모르게 걸음을 멈추고 몰래 바라보곤 해. 작고 통통한 손이 힘껏 움켜쥔 풍만한 젖가슴, 만족스럽고 편안해 보이는 아기의 조막만한 얼굴, 그리고 고개를 숙여 그런 아이의 모습을 가만히 바라보는 온화한 엄마…… 아, 온통 신경이 그쪽으로 쏠린단다. 다시 한번 그런 기회가 왔으면 하는 생각까지 들곤 해.

어느 날 저녁인가, 시무룽席慕蓉이 중산베이루中山北路의 푸러福樂에서 함께 저녁을 먹자며 나를 초대했어. 그러고는 나를 위해 큰 사이즈의 밀크셰이크를 주문해주었지. 나는 잔을 들자마자 벌컥벌컥 단숨에 셰이크를 들이켰어. 잔이 텅 빌 때까지 한 번도 내려놓지 않았지. 두번째 잔이 나오자, 역시 고개를 젖히고 단숨에 마셔버렸어. 그리고 세번째 잔까지…… 시무룽은 그런 나를 쳐다보고는 눈이 휘둥그레져서는 아무 말도 하지 못했어. 나는 사실 무척 즐거웠어. 마치 머리끝부터 발끝까지 어미 소가 된 듯한 기분이었어. 머리도 생각도 없고, 그저 온몸이 위胃인 것만 같았지. 오직 생리기능만 남아 있어서, 그저 먹기만 하면 되는 것 같았어. 인간을 만드실 때 신은 여자로 하여금 생식生殖과 생육生育의 매개체가 되게끔 하셨어. 문득 행복했어. 내가 신이 이루어낸 조화造化의 일부라는 생각에 가슴이 벅차올랐지.

너는 아이에게 젖을 먹일 거니?

그리고 또, '산후조리'라는 것도 있지. 많은 중국 여성들이 출산 후 한 달 동안은 문과 창문을 굳게 닫고 집 안에서만 지내면서 외출도 삼

가고 목욕이나 머리 감는 일 등도 피한단다. 아마 네가 원하지 않더라도 네 시어머니나 어머니가 그렇게 시킬 거야. 그렇지?

물론 나 역시 그런 식의 산후조리가 쓸데없는 일이라고 말하지는 못하겠어. 중국의 의사들 중에는 서양 의학 이론을 토대로 이런 '산후조리'의 여러 장점들을 증명해낸 이들도 있어. 현대 물리학과 건축물로 풍수오행 이론을 뒷받침하는 것과도 비슷하지. 하지만 이런 이론들이 나를 설득시키지는 못했어. 화안이 태어나고 이 주쯤 되었을 때 나는 아이를 품에 안고 관인산에 올랐어. 아이 아빠가 아이를 등에 업기도 했는데, 태어난 지 이제 보름밖에 안 된 갓난아기가 단단하고 넓은 그의 등에 업혀 있으니 어찌나 작아 보이던지. 그렇게 산을 오르자니, 호미를 들고 지나가던 한 늙은 농부가 눈이 휘둥그레져서 물었어.

"어, 외국인이 아기를 업고 있네? 그 아기 진짜요, 가짜요?"

좀더 대담한 어떤 사람은 부러 뒤쫓아와서는 아기 손을 만져본 뒤 동료에게 소리쳤지.

"우와, 진짜 아기야!"

기억하니? 출산 후 며칠 지나지 않아 나는 곧장 강의를 시작했어. 근로기준법에 따라 단장淡江대학 여직원들은 출산휴가를 쓸 수 있었지만, 여교수들에게는 제대로 된 휴가가 주어지지 않았어. 정말 믿어지지 않았지. 비공식적인 학교의 방침으로는, 출산휴가를 쓰는 여교수는 자리를 비우는 동안 대신 수업해줄 강사를 직접 구해야 했고, 강사료도 월급에서 내주어야 했어. 학교보다 더 이해할 수 없었던 건, 이렇게 비인간적이고 불합리한 관행이 수년째 이어지고 있는데도 이에 항의하는 여교수가 단 한 명도 없었다는 사실이었어. 내가 "단장대학

이 여교수들에게 출산휴가를 주지 않는다"고 항의하려 하자, 한 여교수가 반박하더구나.

"휴가가 왜 없어요? 두 달간 쉴 수 있잖아요. 대신 수업해줄 강사를 찾고 월급에서 강사료만 지급하면 되잖아요. 그런데 왜 단장대학에 출산휴가가 없다고 말하는 거죠?"

휴, 이런 사람들이 있으니 그렇게 불합리한 방침이 아무렇지 않게 유지되고 있었겠지. 한 사람은 때리고 싶어하고 또 한 사람은 맞고 싶어하니 말이야.

네 시어머니는 어쩌면 너에게 '산후조리'를 강요할지도 몰라. 생각해봐. 8월의 타이베이에서 한 달 동안 머리도 못 감는다면 얼마나 괴로울지. 하지만 아이가 태어나면서부터 시작되는 고부간의 견해 차이는 산후조리 문제 하나로 끝나지 않을 거야. 며느리는 그럭저럭 안정감도 있고, 또 아이 머리 모양도 예뻐지라고 아기를 엎어 재우려 하지만, 시어머니는 결사반대지. "뭐? 아이를 엎어 재운다고? 그러다 애가 숨 막혀 죽으면 어쩌려고!" 며느리가 아기에게 얇은 옷을 입히려고 하면 시어머니는 또 반대할 거야. "절대 안 된다! 애가 얼어 죽으면 어쩌려고!" 며느리가 이렇게 하려고 하면 시어머니는 저렇게 하라고 하지. 하지만 대부분의 중국 가정에서 이기는 건 시어머니 쪽이야. 당연히 시어머니가 며느리보다 손윗사람인데다, 중국 남성들은 대부분 '남편'의 역할보다 '아들'로서의 도리를 더 중요하게 생각하니까. 또, 중국에서 아기가 태어나면, 그 아이는 한 가족의 일원이 되고, (특히 남자아이의 경우라면) 그 집안의 대를 잇는 중대한 임무를 짊어진 장손이 되지. 아이를 낳은 여자만의 아이가 아닌 거야. 그런데 서양의 가정에서는 상대적으로 좀 간단한 편이야. 아이 엄마가 가장 큰 '권한'을 지니게 되고, 어느 누구라도 '생모'의 권리를 존중해주어야 하지. 아기는 먼저 엄마의 아들이고, 그다음으로 자신의 손자라는 사실을 내 시어머니는 분명히 알고 계셨어. 물론 아이를 키우고 또 가르치는 여러 문제들에 있어서 시어머니는 옆에서 이것저것 도와주기도 하고, 경험자로서 여러 지혜를 나눠주기도 하셨지. 때로는 나와 반대되는 의견을 제시할 때도 물론 있고 말이야. 하지만 시어머니의 마지막 말은 한결같았어. "물론 결정은 엄마인 너의 몫이야."

나는 이 방식이 무척 맘에 들어. 윗세대와 아랫세대의 경험과 생각이 다르고 외부 환경 역시 끊임없이 변화하게 마련이야. 두 세대의 양육관은 당연히 일치하는 점보다는 차이점이 많을 수밖에 없어. 그런데 양쪽에서 서로 아이에게 '주도권'을 행사하려 든다면 충돌할 것은 불 보듯 뻔한 일이지. 그렇다면 이 '주도권'은 엄마가 가져야 할까, 아니면 할머니가 가져야 할까? 나는 당연히 엄마에게 권리가 있다고 믿어. 엄마가 낳고 기를 권리를 빼앗는 제도라면 그 어떤 것이라도 생물학적 원칙에 어긋나는 것일 거야.

중민, 난 지금 너에게 아이를 낳은 후 혁명을 하라는 게 아니야. 어쨌든 시어머니 역시 손자를 사랑하는 사람이야. 사랑과 관련된 일이라면 무슨 일이든 풀어나가기가 어렵지 않아. 두려워해야 할 것은 증오야. 사랑이 아니라. 너의 아기가 사랑 가운데 태어나고 또 사랑 속에서 성장하기를 진심으로 기원한다. 8월, 너는 아마 넘치도록 행복할 거야.

화안 엄마가

아이에서 '사람'으로

이별

시내에서 돌아오는 엄마의 모습이 보인다. 아이는 보모의 손을 뿌리치고 양팔을 날개처럼 펼치고는 꽃길을 따라 내달린다.

엄마도 그 자리에 쪼그리고 앉아 두 팔을 벌린다. 활짝 핀 금잔화 옆에서 두 사람은 포옹한다. 아이는 엄마의 목과 귀에 입을 맞춘 다음 긴 시간 떨어져 있었던 엄마를 찬찬히 뜯어본다. 그리고 다시 다가가 엄마의 코와 눈에 입을 맞춘다.

순간 엄마의 머릿속에 헤어지기 전 안안이 눈물까지 보이며 애처롭게 애원하던 모습이 떠오른다.

"엄마…… 안안도 갈래요…… 시내에…… 책 사러……"

아이의 뺨에는 아직도 눈물 자국이 남아 있다. 고통스런 이별은 고작 여섯 시간 남짓이었다.

엄마는 작고 보드라운 아이의 손을 잡고 집으로 들어가면서 가볍게 묻는다.

"안안, 엄마 없을 때 뭐하고 놀았어?"

아이가 대답하지 않아도 엄마는 이미 알고 있었다. 점심을 먹고, 장난감 자동차를 가지고 놀고, 화장실에 안 간다고 보모와 다투고, 마당에 나가 검은 딸기를 따고, 세발자전거를 타고, 바지에 쉬도 하고……

그런데 아이가 조용히 대답한다.

"생각을 좀 했어."

엄마는 하마터면 피식 웃음을 터뜨릴 뻔한다. 이제 겨우 두 살 반짜리 아이가 '생각'을 좀 했다고? 하지만 슬쩍 보니 아이는 자못 진지한 표정이다. 엄마는 웃음을 참으며 다시 묻는다.

"무슨 생각을 했는데?"

"으음……" 아이는 진지하게 대답한다. "엄마가 없으면, 어떻게 하나, 생각했어."

순간 멍해진 엄마는 걸음을 멈춘다. 자신이 잘못 들은 게 아니라는 것을 확인한 후, 엄마는 그 자리에 쪼그리고 앉아 아이의 눈을 들여다본다.

안안 역시 가만히 엄마를 바라본다. 마치 방금 "엄마 목말라"라고 말한 것처럼 아무렇지 않은 얼굴로……

행복

"왜 일하느라 바쁜 남성에게는 가정은 어떻게 돌보냐고 묻지 않는 거죠? 그러면서 왜 여자가 일로 바쁘면 가정을 내팽개쳤다고 보는 거예요? 이런 말도 안 되는 이중 기준이 어디 있어요? 왜 당신이 일이 많아 바쁘면 성공한 거고, 내가 일이 많으면 욕심이 지나치고 엄마의 본분을 포기한 게 되는 거냐고요!"

한바탕 쏟아낸 뒤 엄마는 아빠에게서 등을 돌리고 더 이상 상대하지 않는다.

가느다란 버들가지를 손에 쥔 안안이 풀숲을 헤치고 나왔다. 풀숲은 안안보다 키가 컸다.

아빠는 불을 피우고 있었고, 야외 테이블에는 미리 재워두었던 고기가 알맞게 구워져 접시에 놓여 있었다. 엄마는 풀밭에 앉아 있었다. 햇살이 보리수 잎을 통과해 엄마의 등에 바람에 흔들리는 동그란 그림자들을 만들어내고 있었다.

"엄마, 뭐해?"

아이는 오랜 친구마냥 엄마 곁에 바짝 다가가서는 어깨를 나란히 했다.

"엄마는……" 엄마는 잠시 머뭇거린다. "생각을 좀 하고 있어."

안안은 손에 든 버들가지로 낚시하는 시늉을 해 보였다.

"무슨 생각을 하는데?"

"음……"

어떻게 대답해야 좋을지 모르겠다. 아이라고 대충 얼버무리고 싶지는 않다. 아직 풀숲보다 작은 어린아이지만 한 인간으로서 존엄성을 지닌 개인이기에 존중해주어야 한다고 생각한다. 그렇지만 두 살 반짜리 아이에게 어떻게 설명할 수 있을까. 결혼 역시 민주주의와 마찬가지로 인류가 이해득실을 따진 다음 선택한 여러 사회제도 중의 하나에 불과하다는 것을. 그리고, 행복한 결혼생활을 유지하기 위해서는 어쩔 수 없이 개인의 자유가 얼마쯤은 희생되어야 한다는 것을. 이 아이에게 또 어떻게 설명해야 할까. 이 사회가 모성을 찬양하고 여성성을 드높이는 동시에 그들에게 꿈과 능력을 펼칠 만한 기회를 제대로 주지 않고 있다는 것을. 대체 어떻게 말할 수 있을까. 인생의 어두운 이면 때문에 엄마가 지금 얼마나 괴로운지.

"지금 무슨 생각해, 엄마?"

낚시질을 하고 있던 꼬마 사내아이가 깊은 생각에 잠긴 엄마를 다시 흔들어 깨운다.

"엄마가…… 행복하지 않단다."

깊은 한숨을 내쉰 뒤 입을 연 엄마는 손을 뻗어 아이의 자그마한 몸을 끌어안는다.

아이가 갑자기 몸을 일으키더니 엄마의 뺨을 어루만지며 짐짓 진지하게 말한다.

"엄마, 그러면 안돼. 안안이 행복하면 엄마도 행복하고, 엄마가 행복하면 아빠도 행복해."

순간 엄마는 전기에 감전되기라도 한 듯하다. 엄마는 고개를 들고 믿을 수 없다는 듯 되묻는다.

"뭐라고? 지금 뭐라고 했어?"

"안안은 지금 행복해. 안안이 행복하면 엄마도 행복하고, 엄마가 행복하면 아빠도 행복해."

엄마는 아이의 머리를 끌어안고 한참을 그렇게 꼼짝 않고 앉아 있는다. 마치 그대로 잠이 들기라도 한 것처럼. 엄마는 풀숲 뒤로 졸졸 흐르는 시냇물 소리에 귀를 기울이고 있다. 아무 말 없이, 어떤 것도 따지지 않고 조용히 흐르는 시냇물. 드디어 엄마가 몸을 일으킨다. 몸에 붙은 흙과 풀을 털어낸 엄마는 어린 친구의 손을 잡고 시냇가를 향해 발걸음을 옮긴다.

"우리 아빠를 찾으러 가자. 어디선가 땔감을 줍고 계실 거야."

여와 이야기

"여와女媧*는 오색 돌을 수없이 많이 주워왔단다. 오색 돌은 다섯 가지 색깔의 돌멩이를 말하는 거야. 여와는 또 엄청나게 많은 갈대를 꺾어왔지. 갈대 알지? 강가에서 자라는 기다란 풀 말이야. 우리 마당에 억새 심지 않았어? 갈대는 억새랑 비슷하게 생겼어.

여와는 오색 돌을 솥에 넣고 갈대로 불을 지폈어. 오색 돌들은 뜨거운 불에 녹아 돌풀이 되었어. 돌풀? 죽 같은 건데, 그러니까, 오트밀 같은 거야. 끈적끈적하고……"

안개가 자욱한 어느 날 오후, 모자는 얼굴을 맞대고 앉아 있었다. 화안은 다리를 벌려 엄마 다리 위에 걸터앉아서는 엄마의 긴 머리카락을 손가락으로 돌돌 감고 있었다.

"여와가 왜 돌을 녹여 하늘을 메웠는지 기억하니?"

안안은 잠시 머뭇거리다가 대답했다.

"비, 공공共工."

"그래, 맞아. 수신水神인 공공共工과 화신火神이 큰 싸움을 벌였지. 그 화신 이름이 뭐였더라. 엄마가 잊어버렸네……"

"축융祝融이잖아! 엄마 바보."

"맞다, 축융! 둘이 싸움을 벌이던 중에 하늘에 큰 구멍이 나서 큰비가 쉬지 않고 쏟아져내려. 그래서 논이 물에 잠겨 못 쓰게 되지……

논? 풀밭 쪽에 보리밭 있지? 논은 보리밭이랑 비슷한데, 논에는 물을 더 많이 대지…… 아니 아니, 공공이 물을 대주는 건 아니고 농부가

* 중국 고대 신화 속의 여신. 복희伏羲와 함께 인류의 시조로 여겨진다.

물을 대는 거야. 논에서는 좋은 향기가 난단다. 바람이 불면 논에는 초록 파도가 일렁이면서 그 은은한 향기가 밀려와……"

맨발로 논두렁을 거닐 때 느꼈던 촉촉하고 부드러운 감촉이 떠올랐다. 달빛 아래 일렁이는 벼들의 물결을 내려다보던 언젠가도 떠올랐다. 오래전 이름 모를 어느 작은 마을의 여관에 묵은 적이 있었다. 이른 새벽, 시리도록 맑은 향기가 창문 틈으로 흘러들어왔다. 향긋한 그 냄새에 잠을 깬 엄마는 그 향기가 어디에서 온 것인지 찾기 시작했다. 창을 열어보니 거기엔 끝도 없이 펼쳐진 논이 자욱한 안개에 뒤덮여 있었다.

"참, 어디까지 얘기했더라? 고통받는 사람들을 보고 마음이 아파진 여와는 그들을 구하고 싶었어. 그래서 구멍난 하늘을 메운 거야. 그런데 안안, 너 사람은 누가 만들었는지 기억하고 있니?"

안안은 아무 대답 없이 그저 엄마의 눈을 바라보았다.

"어느 날 여와가 호숫가로 날아와 맑은 물에 비친 자기 그림자를 보았어. 까맣고 반짝이는 긴 머리칼, 매끄럽고 윤이 나는 구릿빛 피부. 정말 아름다웠지. 그리고 생각했어. 이렇게 아름다운 땅에 자신과 같은 존재가 하나도 없다는 게 너무 안타깝다고 말야.

그래서 호숫가에 앉아 물에 비친 자신의 모습을 보면서 진흙으로 그대로 빚기 시작했어.

어, 안안, 왜 그래? 잘 듣고 있는 거야? 안 들으면 엄마 이야기 안 한다!"

안안은 여전히 엄마의 눈을 바라볼 뿐이었다.

"여와는 진흙으로 인형을 빚은 다음 인형의 콧구멍에 대고 이렇게 가볍고 부드럽게 긴 숨을 불어넣었어. 그러자 세상에나, 그 인형이 움직이기 시작하는 거야. 인형은 여와의 품으로 뛰어들며 양팔을 벌려 여와의 목을 끌어안고 큰 소리로 부르기 시작했어. '엄마! 엄마!' 진흙 인형은 호수에 비친 여와의 그림자와 똑같은 모습을 하고 있었지.

안안, 너 대체 뭘 보고 있니?"

아이는 눈을 동그랗게 뜨고는 한 번 깜빡이지도 않고 엄마를 쳐다보며 손을 뻗더니 엄마의 눈동자를 만지려 했다. 깜짝 놀란 엄마는 얼른 뒤로 물러났다.

"뭐하는 거야, 안안?"

"엄마, 움직이지 마……"

다급하게 외치며, 아이는 손가락 두 개로 엄마의 눈꺼풀을 벌리려 했다.

"대체 너 뭘 보고 있는 거니?"

"나 지금……" 안안은 뚫어질 듯 깊이 엄마의 눈을 응시하며, 놀라움과 기쁨이 뒤섞인 목소리로 한 마디 한 마디 또박또박 대답했다. "엄마, 엄마 눈 속에, 눈동자에, 내가 있어. 안안이 있어. 정말이야……"

아이는 감격한 듯 다시 손을 뻗어 엄마의 눈동자를 만지려 했다.

"정말이야, 엄마. 두 눈 모두에 내가 있어……"

엄마는 빙긋 미소지으며 아이의 눈을 들여다보았다. 아이의 눈동자에도 엄마의 모습이 비치고 있었다. 선명하고 또렷하게, 마치 거울처럼, 호수의 맑은 물처럼.

아이의 눈동자를 바라보며 엄마는 말했다.

"여와는 기뻐하며 진흙인형에게 이름을 지어주었단다. 아주 단순한 이름이었지. '사람'이라고 말이야."

아, 서양인형!

작은 배낭을 멘 안안은 세관원의 멋진 모자를 쳐다보느라 헤어지기 서운해하는 아빠의 눈빛을 미처 알아채지 못했다.

"요 녀석!"

아빠는 웅크리고 앉아 커다란 손으로 안안의 볼을 움켜쥐었다.

"타이완에 가서도 아빠 잊어버리면 안 돼."

하지만 녀석은 아빠의 감정 따위는 아랑곳 않고 독일어로 이렇게 대답할 뿐이었다.

"아빠, 나 커서 쓰레기 줍는 사람 안 하고 공항 경찰 할래. 그래도 돼?"

아빠는 엄마와 아들이 손을 잡고 세관을 통과하는 모습을 지켜보았다. 아빠의 눈은 마치 투명한 밧줄처럼 두 사람의 가냘픈 뒷모습에 꼭 묶여 있었다.

그 뒷모습은 금세 사람들의 물결 속으로 사라졌다.

기내에 들어서자 안안은, 마치 비행 전문가라도 되는 양 자리에 앉자마자 능숙하게 안전벨트를 채웠지만, 얼마 지나지 않아 세 살 아이다운 장난이 시작되었다. 아이는 의자 사이에 눈을 갖다대고는 앞뒤, 좌우 승객들과 숨바꼭질을 했다. 독일인 승객들은 아이의 장난에 기분 좋게 응해주었다.

"엄마, 이 독일 사람들이 모두 타이완에 가는 거야?"

"아니야. 파키스탄에 가는 사람도 있고, 태국에 가는 사람도 있고, 또 필리핀에 가는 사람들도 있지. 타이완에 가는 사람은 많지는 않아."

카라치*에 도착해서 파키스탄인과 인도인 몇 명이 탑승하자, 안안은 눈이 동그래져서는 귀를 쫑긋 세웠다.

"엄마, 저 사람들은 누구야? 무슨 말을 하는 거야?"

"파키스탄 사람은 우르두어로 말하고 인도 사람은 인도어를 쓴단다."

꼬맹이는 의자 위에 올라서서 잠시 관찰하더니 고개를 끄덕이며 결론을 내렸다.

"엄마, 저 사람들은 좀 까매."

"그래. 여기는 좀 더운 곳이거든. 강렬한 햇볕에 피부가 검게 탄 거야."

"그러면 엄마, 진흙도 색깔이 좀 검은가봐."

"진흙?"

엄마는 어리둥절했다.

"진흙 있잖아!"

안안은 손으로 뭔가를 만지작거리는 시늉을 해 보였다.

"여와가 저 사람들을 만들 때는 약간 검은 진흙을 사용했을 거야. 그렇지?"

• 파키스탄 최대의 도시.

78

비행기가 방콕에 착륙하자 검은 머리에 검은 눈의 여행객들이 우르르 밀려들어왔다. 다섯 살 정도나 되었을까. 나비 모양으로 머리를 땋아올린 태국 여자아이가 다가오더니 가만히 화안을 쳐다보았다.

여자아이가 입을 열고 뭐라고 말하자, 당황한 안안이 고개를 돌려 물었다.

"엄마, 얘가 뭐라고 하는 거야? 얘 중국 사람 아니야?"

"아니야. 그애는 태국 사람이고, 태국어로 말하는 거야."

"어떻게……"

안안은 뚫어져라 여자아이를 쳐다보았다.

"그런데 어떻게 이렇게 중국 사람이랑 똑같이 생겼어?"

"많이 닮긴 했지만 똑같지는 않단다." 엄마는 잠시 생각한 다음 말을 이었다. "말이랑 당나귀도 닮았지? 그래도 말은 말이고, 당나귀는 당나귀잖아. 그렇지?"

"응!" 안안은 고개를 끄덕인 뒤 엄마에게 몇 가지를 더 알려주었다. "그리고 파리랑 벌도 닮았고, 그리고…… 그리고 늑대랑 셰퍼드도 닮았고, 그리고…… 백로랑 학도 닮았고, 그리고……"

마닐라에서는 비행기에 오르는 사람이 특히 많았다. 저마다 크고 작은 보따리들을 들고 메고 있었다. 쇠뿔, 밀짚모자, 바구니, 담배, 술 같은 것들이었다. 다들 흥분된 표정으로 서로를 큰 소리로 부르며 떠들어댔다. 기내는 삽시간에 시장바닥으로 변했다.

"어이, 자네 그 XO 얼마 주고 샀나?"

"오십 달러. 자네는?"

"뭐라고? 나는 공항 면세점에서 오십육 달러에 샀는데. 속았군, 아이고 내가 못살아!"

"저기 아가씨, 이 표가 영어로 쓰여 있어서 제가 작성할 수가 없는데, 어떻게 하죠?"

"장여사, 걱정 마. 내가 써줄 테니 여권 이리 줘봐요."

"제발 부탁인데, 쇠뿔 좀 누르지 마세요……"

안안은 머리를 의자 등받이에 붙인 채 시끌벅적 떠들어대며 부산을 떠는 사람들을 눈 한 번 깜빡이지 않고 쳐다보고 있었다. 너무 놀라 말을 잊은 듯했다.

잠시 후 정신이 돌아왔는지 아이가 작은 목소리로 엄마에게 물었다.

"엄마, 저렇게 많은 사람들이…… 모두 중국어로 말해. 저 사람들, 모두 중국인이야?"

엄마는 그만 웃음을 터뜨리고 말았다. 요 꼬맹이가 왜 그렇게 당황하고 놀랐는지 그제야 이해할 수 있었다. 안안의 세계에서는 단 한 사람만 중국어로 말한다. 바로 자신이 사랑하는 엄마다. 그래서 아이에게 중국어는 '엄마의 말'이다. 나머지 다른 세상 사람들은 모두, 그러니까 유치원 친구, 아이스크림을 파는 뚱보 아저씨, 아이에게 가끔씩 초콜릿을 주는 앞집의 카우프만 아주머니, 가끔씩 초인종을 누르는 우체부, 대머리 페인트공, 검은색 작업복 차림의 굴뚝 청소부, 물론 말이 되어 자신을 태워주는 아빠까지…… 전부 다 독일어로 말한다.

그런데, 갑자기 비행기 안으로 엄청나게 많은 사람이 쏟아져들어와서는 모두 '엄마의 말'을 하니 놀랄 수밖에.

안안은 무척 놀라는 동시에 알 수 없는 기쁨에 휩싸였다. 이 많은 사람들이 떠들어대는 말을 모두 알아들을 수 있는 것이다! 마치 어느 왕이 정원에서 산보를 하고 있는 학 두 마리를 보았는데, 문득 학들이 소곤거리는 말이 들린다는 사실을 깨닫기라도 한 것처럼……

"귀여운 서양인형이네!"

한 여자가 날카로운 목소리로 외치자, 다른 여자들 몇 명이 더 모여들어서는 아직 놀란 가슴을 진정시키지 못한 사내아이를 에워쌌다.

"What is your name?"

"Where do you come from?"

여자들은 앞다투어 안안에게 말을 걸었다. 모두 영어로.

어리둥절해진 안안이 당혹스러운 듯 고개를 돌려 엄마에게 물었다.

"엄마, 이 사람들 왜 나한테 영어로 말해?"

아이의 말에 여자는 깜짝 놀라 펄쩍 뛰면서 또 한 번 날카롭게 소리쳤다.

"어머나! 중국어를 할 줄 아네! 중국 아이였구나! 이럴 수가……"

하지만 여전히 못 믿겠다는 듯 계속 영어로 묻는 이도 있었다.

"What is your name?"

그사이 침착함을 되찾은 안안이 대답했다.

"이모, 나 영어 할 줄 몰라요. 독일어만 할 수 있어요. 이모도 독일어 할 줄 알아요?"

타오위안桃園에는 제법 긴 거리가 하나 있다. 그 거리 중간쯤에 큰

절이 하나 있는데, 절 이쪽을 '절 앞'이라 부르고, 절 저쪽을 '절 뒤'라고 불렀다. 외숙모는 손님인 엄마에게 절 앞이나 절 뒤로 가면 안안이 입을 만한 옷을 살 수 있을 거라고 알려주었다. 안안은 뭔가 골똘히 생각하더니 엄마에게 물었다.

"엄마, 왜 룽싱龍行은 엄마를 '고모'라고 부르고 나는 룽싱 엄마에게 '외숙모'라고 불러? 왜 룽싱은 할머니를 '할머니'라고 부르는데 나는 '외할머니'라고 불러? 왜 룽싱 아빠를 '외삼촌'이라고 불러? 왜 추거楚戈는 '외삼촌'이라고 부르면서 인디는 '삼촌'이라고 불러? 또 어제 그 뚱보는 왜 '큰아버지'가 되는 거야? 왜……"

"휴……"

엄마는 정신이 하나도 없었다. 엄마는 안안의 주의를 딴 곳으로 돌려 질문을 멈추게 하려고 애를 썼다.

"택시 왔다. 우리 우선 절 뒤부터 가보자."

절 뒤에는 옷가게가 정말 많았다. 옷가게들이 줄줄이 늘어서 있어, 길은 온통 옷으로 가득했다. 신이 난 안안은 옷들 사이를 빙글빙글 돌며 사라졌다 나타났다 했다.

"와! 아위阿玉, 빨리 와봐, 여기 서양인형이 있어!"

가게를 보던 여자아이가 큰 소리로 친구를 불렀다. 엄마가 몸을 돌렸을 때 안안은 이미 사람들에게 겹겹이 둘러싸여 있었다. 아이의 머리를 쓰다듬는 이가 있는가 하면 손을 잡아보는 이도 있었다.

"눈이 정말 예쁘다! What's your name?"

엄마가 구하러 오자 여자아이들은 무슨 큰 발견이라도 한 양 소리쳤다.

"아! 혼혈아였구나!"

순식간에 엄마 역시 사람들에게 둘러싸였다.

"애 아빠는 어느 나라 사람이에요?"

"당신들은 어디 살아요?"

"어떻게 만난 거예요? 어디서 만났는데요?"

"애 아빠도 예쁘게 생겼어요? 키는 얼마쯤 돼요?"

"왜 애 아빠는 같이 안 왔어요? 무슨 일을 해요?"

"결혼한 지 얼마나 됐어요? 아이는 몇 명 낳을 생각이에요?"

"어쩌면 아이가 이렇게 당신과 하나도 안 닮았어요?"

뚱보 여주인이 가게 안에서 나오자 여자아이들은 길을 내주었다. 여주인이 물었다.

"당신 아이에요?" 엄마가 고개를 끄덕이자 여자가 깜짝 놀라며 소리쳤다. "세상에 이럴 수가! 이렇게 예쁘게 생겼는데!"

가게를 나온 엄마는 안안의 작은 손을 꼭 잡고는 손을 들어 택시를 잡았다. 안안은 불만이 가득한 목소리로 항의했다.

"나 집에 안 가. 외숙모가 절 앞도 있다고 했잖아. 절 앞 거리도 가볼래! 엄마도 간다고 했었잖아!"

"귀여운 서양인형······" 엄마는 꼼지락거리는 작은 몸을 가슴에 안으며 길게 한숨을 내쉬었다. "엄마는 더이상 참을 수가 없단다!"

유치원 찾기

다섯 살 사촌형이 세 살 반 사촌동생에게 말한다.

"그 하얀 경찰차 이리 줘!"

사촌동생은 경찰차를 꼭 쥔 채 다급하게 소리친다.

"Nein, nein, das gehört mir!"[*]

"너는 한참 가지고 놀았잖아!"

사촌 형이 화를 내자 사촌동생 역시 화를 내며 말한다.

"Du hast auch ein Auto."[**]

가만히 지켜보기만 하던 엄마는 신문을 내려놓고 사촌형제의 대화에 귀를 기울인다. 그러다가 엄마는 문득 새로운 사실을 하나 알게 되었다. 안안은 룽싱에게 독일어로 말하고 있었던 것이다.

왜 그러는 거지? 외할아버지, 외할머니, 외삼촌, 외숙모에게는 모두 중국어로 말하면서!

그날은 안안과 엄마가 타이완으로 돌아온 첫째 날이었다. 이틀 더 관찰한 뒤 엄마는 깨달았다. 독일에서 안안은 매일 유치원에 간다. 안안의 세계에서는 아이들은 모두 독일어로 말한다. 안안에게 독일어는

[*] 싫어, 싫어. 이거 내 거야!
[**] 너 자동차도 가지고 있잖아.

모래놀이와 그네, 장난감 자동차 그리고 말다툼의 언어인 것이다. 그런데 역시 어린아이인 룽싱이 독일어가 아닌 다른 말을 한다. 이건 안안에겐 있을 수 없는 일이다. 이제 막 비행기에서 내린 안안이 갑자기 바뀔 수는 없는 일이었다.

어느 날 아침, 안안의 머리를 빗기며 엄마가 말한다.
"오늘은 유치원에 가보려고 해."
안안은 조금 긴장한 듯했다.
"독일 유치원하고 똑같아?"
"음……"
엄마는 잠시 머뭇거린다. 엄마가 유치원에 다니던 때가 기억나지 않는다. 그때 부르던 동요의 가사만 얼핏 떠오를 뿐이다. "나란히 앉아서, 과일을 먹고……" 지금도 아이들은 '나란히' 앉을까?
아이의 손을 잡은 채 엄마는 부르릉 부르릉, 꼬리에 꼬리를 물고 이어지는 차량 행렬을 긴장된 눈빛으로 바라본다. 언제 길을 건너야 할지 알 수가 없다. 머리가 어지럽고 심장이 두근거린다. 긴장한 손바닥에서는 땀이 배어나온다. 그렇게 한참을 길가에 서 있는데, 건너편에서 원복을 입은 꼬마가 아무렇지 않게 이리저리 길을 건너는 모습이 눈에 들어온다. 마침내 엄마 역시 길을 건넌다.
원장은 엄마를 유아반으로 데리고 간다. 엄마 눈에 가장 먼저 들어온 것은, 타이완의 전형적인 '교실敎室' 구조다. 정방형의 교실에, 정방형의 창문과 문이 달려 있다. 교실의 물건 배치 역시 엄마가 타이완에서 자라던 그때와 똑같아서 익숙할 정도다. 앞쪽 벽에는 칠판이 걸려 있고, 칠판 앞으로는 책상과 의자가 질서정연하게 늘어서 있다. 작은 교실에는 아이들이 빼곡히 앉아 있다. 선생님은 앞에 서서 아이들에게 글자를 가르치는 중이다.

'여전히 나란히 앉아 있네. 사십 년 전과 바뀐 게 하나도 없구나!'

엄마는 생각한다. 독일의 유치원은 '교실' 같지 않고 오히려 일반 가정집의 거실과 비슷하다. 한쪽 구석에는 엄마 아빠 놀이를 하는 공간이 있는데, 인형 침대와 옷장, 장난감 주방, 작은 테이블과 의자가 놓여 있고, 또 다른 구석에는 두꺼운 놀이매트가 겹겹이 깔려 있어서, 아이들은 거기서 수다도 떨고 이리저리 뒹굴기도 한다. 오른쪽 벽 아래에는 카펫이 깔려 있는데, 블록으로 집을 짓거나 하며 놀 때는 그 카펫 위에서 했다. 그리고 왼쪽 벽 아래에는 키가 작은 테이블이 있고, 역시 작은 의자들이 테이블 주변에 놓여 있었는데, 아이들이 종이를 자르며 놀 때는 그 테이블과 의자를 사용했다. 그러고도 몇 개의 테이블과 의자들이 여기저기 흩어져 있었다.

아침 일곱시 반이면 유치원은 문을 연다. 몇몇 아이들이 엄마 아빠와 함께 등원한다. 이렇게 일찍 유치원에 오는 아이들은 대부분 엄마 아빠가 모두 일을 하는 경우다. 뒤를 이어 점점 더 많은 아이들이 등원한다. 안안은 보통 아홉시쯤에야 유치원에 도착했는데, 언제 일어나느냐에 따라 유치원에 가는 시간도 달라졌다. 아홉시 반이면 거의 모든 아이들이 등원한다. 아이들은 모두 스무 명이다.

유치원에 오면 아이들은 뭘 할까? 제시카는 테이블에 앉아 엄마가 싸준 빵과 치즈를 먹는다. 테이블에는 우유와 과일주스가 이미 준비되어 있다. 다니엘은 블록 놀이를 하는 카펫으로 달려가 그날의 대공사를 시작한다. 라리사는 애교를 부리며 클라 아주머니 곁으로 다가가서는 작은 가위를 받아들고 종이로 등을 만든다. 한쪽 구석에서는 루이와 돌리가 한창 의사와 간호사로 변신하는 중이다. 돌리는 아픈 인형을 품에 앉은 채 몹시 안타까운 표정을 짓는다. 조립식 장난감을 가지고 놀던 칼과 토마스는 당장이라도 맞붙어 싸울 기세로 서로를 노려보고 있다. 화안은 한쪽 벽에 있는 장난감 상자에서 퍼즐을 하나 꺼내든다. 오늘 아침은 이걸로 시작이다!

"유치원에 오려는 아이들은 넘쳐나는데, 아직 건물을 더 짓지 못했어요. 그래서……" 원장은 엄마에게 설명한다. "좀 붐비는 상황이에요. 이 유아반은 지금 선생님 한 분이 마흔 명의 아이를 돌보고 계세요. 아침마다 유치원 통학버스가 아이들을 태우러 갑니다. 아침 여덟시 정도면 다들 유치원에 도착하죠."

원장은 주차장에 한 줄로 늘어서 있는 유치원 버스를 가리킨다.

"여덟시에 오면 뭘 하나요?"

엄마는 자세히 물었다.

"여덟시에서 아홉시까지는 자유놀이 시간이에요. 교실뿐 아니라 운동장에서 놀 수도 있죠. 그리고 아홉시가 되면 수업을 시작합니다."

"수업이라고요? 무슨 수업을 한다는 거죠?"

깜짝 놀란 엄마가 교실 안을 들여다보며 묻는다. 만 세 살 남짓 되어 보이는 아이들이 앉아 있기도 힘이 드는지 엉덩이를 들썩이고 있다. 선생님은 목이 터져라 무슨 말인가를 하고 있는데, 아이들은 옆의 친구와 떠들거나, 좀이 쑤셔 몸을 비틀어대고, 또 멍하니 넋을 놓고 있기도 했다.

"글자 익히기 수업, 미술, 음악, 체육, 수학 그리고 영어…… 오전에는 3교시를 하는데, 각 수업시간은 사십오 분입니다."

이건 정식 초등학교나 다름없었다. 엄마는 슬슬 걱정이 되기 시작한다. 화안은 그때까지 그런 '조직적'인 단체생활을 해본 적이 없었다. 줄을 서본 적도, 친구들과 동시에 '선생님'에게 허리를 숙여 인사해본 적도 없었다. 정해진 자리에 '나란히 앉아본' 적도 없을뿐더러 '수업'이라는 건, 더더욱 해본 적이 없었다. 예전에 다니던 독일의 유치원에서 아이들은 마치 꿀벌처럼 이곳에 모였다 저곳에 모였다 했다. 블록 놀이에 싫증이 나면 퍼즐을 가지고 놀았고, 퍼즐에 싫증이 나면 장난감 자동차를 가지고 놀았다. 유치원 구석구석을 쑤시고 다니는 아이들은 이 꽃 저 꽃 바쁘게 오가는 꿀벌처럼 한곳에 머물러 있는 법이 없었다.

단체활동이 아예 없는 것은 아니었다. 아이들은 공중제비나 뜀틀 넘는 법을 배우거나 의자에 앉기 놀이를 했고, 기타를 치는 선생님 주위에 모여앉아 함께 연주하며 노래를 부르기도 했다. 그리고 알록달록한 앞치마를 하고 다 같이 테이블에 앉아 그림을 그렸다. 하지만 단체 활동이라고는 해도 아이들이 모두 함께 같은 일을 할 뿐 정해진 기준에 따라 똑같이 할 필요는 없었다. 게다가 참여하고 싶지 않으면 얼마든지 한쪽에서 자기가 하고 싶은 일을 할 수도 있었다.

"안안은 아직 수업 시작과 수업 끝 같은 시간관념도 없어요……" 엄마는 미안하다는 듯 원장에게 설명한다. "독일 유치원에서 아이들이 하는 건 단 한 가지, 노는 것뿐이었거든요. 놀고, 놀고 또 놀고……"

엄마가 한참 이야기하고 있는데, 마침 선생님이 유아반 아이들을 나란히 줄을 세워 교실 밖으로 데리고 나온다. 흥분을 감추지 못한 아이들 몇이 교실 문밖으로 먼저 뛰쳐나왔지만 바로 원장선생님에게 붙들리고 만다.

"안 돼요! 운동장이 젖어서 오늘을 나가서 놀 수 없어요!"

황급히 쫓아온 선생님이 꼬마 탈주범들을 얼른 대오로 복귀시킨다. 복도에는 사십 명의 아이들이 손을 잡고 두 줄로 선 채 대기하고 있다. 아이들은 운동장 미끄럼틀에서 미끄러져 내려오는 화안을 부러운 눈빛으로 바라본다. 화안의 바지와 양말은 흠뻑 젖은 지 오래일 것이다.

"여러분, 친구 손을 꼭 잡으세요. 곧 갈 거예요."

선생님이 큰 소리로 주의를 준다.

"어디에 가는 거죠?"

엄마가 깜짝 놀라며 묻는다.

"화장실에 가는 겁니다."

원장선생님이 대답한다.

"단체로 화장실에 간다고요?"

엄마는 어안이 벙벙해진다.

"네, 그래요." 원장은 참을성 있게 설명한다. "아이들이 많다보니, 수업 중에 한 명씩 보내서는 도저히 통제할 수가 없거든요. 한 아이가 다녀오면 조금 이따가 또 한 아이가 가고, 그러면 또 다른 아이가 가려하고…… 그래서 매 시간 선생님이 반 아이들 전체를 인솔해서 데려갑니다. 수업 중에는 아이들에게 최대한 참도록 지도하고 있습니다."

"아……!"

엄마는 마음이 무거워진다. 안안이 이곳을 감당할 수 있을까. 안안은 목이 마르면 주방에 가서 물을 꺼내 마시고, 용변이 급하면 알아서 화장실에 가고, 피곤하면 구석에 박혀 혼자 책을 본다. 그런 아이가 이런 공간과 시간 그리고 행동에 관한 갖가지 규칙에 과연 제대로 적응할 수 있을까?

엄마는 실망한 채 '엘리트 유치원'을 걸어나온다. 엄마는 아이가 중국의 유치원 교육을 경험해보기를 진심으로 바랐다. 단순히 언어를 익히는 것이 아니라 또래 아이들과 함께 지내면서 중국의 문화를 배우게 하고 싶었다. 엄마가 화안에게 주고 싶은 것들은 그런 것이었다. 하지만 시간과 공간, 행동에 대한 삼중의 제약은 엄마를 불안하게 만들었다. 이런 것들이 정말 세 살 아이에게 필요할까?

이야기를 들은 외숙모가 엄마를 위로한다.

"걱정 말아요! 타이베이에도 그런 열린 교육을 하는 유치원이 있어요. 방금 말한 독일 유치원과 비슷해요. 좀 비싸다고는 하던데, 매달 원비가 평균 사천 위안이 넘는다고 하더라고요."

엄마는 눈이 휘둥그레진다.

"삼백 마르크°라고요?"

안안이 다니던 유치원 원비는 백 마르크 정도였다. 게다가 타이완의 국민소득은 독일의 절반에도 못 미치는데, 원비가 매달 사천 위안이라니 너무 터무니없는 금액이었다. 왜 그런 것일까?

외숙모가 고개를 가로젓는다. 해결 방법이 없었다. 아직 엄마에게

° 유로화 이전에 사용되던 독일의 화폐.

말 못 한 것들이 많았다. 만약 세 살짜리 이 꼬마아이를 어린이 영어교실에 보내고, 영재 피아노학원에 집어넣고, 작가 글짓기반에 보내게 하면…… 외숙모는 생각한다. 에잇, 다 관두자. 그냥 엄마와 안안이 편하게 휴가를 보내게 하자!

신화·미신·신앙

사원 안으로 들어선 아이의 눈은 어느 순간 환해진다.

그곳은 빛과 소리, 색과 맛이 가득한 세계다. 도사의 손에 들린 종이 '딸랑딸랑' 소리를 낸다. 도사는 중얼중얼 경문을 외다가, 노래를 부르다가, 또 다른 세계와 비밀 이야기를 나누기도 한다. 눈이 아프도록 붉은 도사의 도포가 흔들리는 제단의 촛불과 묘한 조화를 이루고 있었다.

향은 끊어질 듯 이어지며 면면히 타올랐고, 푸른 연기는 낭랑한 종소리 사이로 울려퍼졌다. 대들보 아래에는 커다랗고 화려한 금빛 등들이 길게 늘어서 있어서, 향불 연기가 그 사이를 맴돌고 있었다.

복도 쪽 작은 방에는 붉은 도포를 입고 검은 모자를 쓴 도사가 침대에 놓인 낡은 옷에 도법을 행하고 있다. 남자들이 입는 러닝셔츠와 반바지였는데, 모두 흰색이다. 비통한 표정의 가족들은 벽에 기대선 채도사가 종을 흔들며 읊조리는 모습을 지켜보고 있다. 도사가 울먹이는 목소리로 외쳤다.

"돌아와! 돌아와! 돌아와!"

도사는 들고 있던 종지에 담긴 물을 낡은 옷 위로 뿌렸다.

안안이 엄마 손을 꼭 잡아온다.

"저 사람들 뭐하는 거야?"

뭐라고 대답해줘야 할지 엄마는 알 수가 없다.

또 다른 방에서는 아기 울음소리가 들려온다.

정수리에 상투를 틀어올린 늙은 여자 하나가 아기를 품에 안고 있고, 젊은 아기 엄마는 근심이 가득한 얼굴로 한쪽에 서 있다. 도사는 종을 들어 아기 머리 위에서 끊임없이 흔들어댄다……

여자의 윤기 흐르는 매끈한 상투가 눈에 들어온다. 꽃잎이 반드르르한 목련이 한 줄로 장식되어 있다. 지독하게 더운 7월, 다시 두꺼운 담요에 꽁꽁 싸인 아기에게로 눈길이 간다. 시뻘겋게 달아오른 아기의 얼굴은 조금 부어 있는 듯하다.

안안이 고개를 들어 엄마에게 묻는다.

"저 사람들 뭐하는 거야?"

어떻게 대답해줘야 할지 역시 알 수가 없다.

교회 안으로 들어가자, 이번엔 순간적으로 눈앞이 캄캄해진다.

어둠은 마치 철로 된 수문처럼, 내려앉는 순간 그 안과 밖을 두 개의 세상으로 갈라놓는다.

문밖은 햇빛이 찬란하게 내리쬐는 광장이었다. 분수대는 하늘을 향해 함부로 물을 뿜어올리다가 어느 순간 짓궂게 무너져내리면서 사방으로 물을 뿌려댔다. 여행객들은 오리처럼 목을 길게 빼고 호기심 어린 눈으로 주위를 둘러보고 있었고, 노천카페는 사람들로 넘쳐났다. 어른들은 뜨거운 커피를 마시고 아이들은 끈적끈적한 아이스크림을 핥았다. 긴 금발을 풀어헤친 여자아이 하나가 지그시 눈을 감고 바이올린을 연주했다. 가슴이 볼록한 비둘기가 날개를 펼치고 날아와 아이의 바이올린 케이스 위에 내려앉았다. 바이올린 소리가 마치 숲속의 시냇물 소리 같다.

문 안쪽은 어두컴컴했다.

사람들은 숨을 죽인 채 긴 복도를 지나 제단 앞까지 다가갔다. 유일하게 빛이 있는 곳이었다. 알록달록한 유리를 통과해온 햇빛이 차가운 나무의자 위에 따뜻한 빛을 드리우고 있었다. 작은 사내아이는 어둠 속에 서서 햇살이 들어오는 알록달록한 유리창을 올려다보며 색깔 수를 세었다. 아이는 한참 동안 그렇게 고개를 들고 있었다.

몸을 돌리자, 벽에 걸린 거대한 무언가가 눈에 들어온다. 사람의 그림자가 어른거리는 것 같다. 아이가 눈을 비빈다.

벽에는 사람이 매달려 있었다. 나무로 만든 그 사람은 진짜 어른보다 훨씬 더 키가 크다. 옷은 입지 않고 허리 부분만 천으로 가린 남자는 고개를 떨군 채 양손을 활짝 벌리고 있다. 온통 피투성이인 그의 가슴에선 지금도 피가 흐르고 있는 듯 보인다.

안안은 그 사람이 누구인지 알고 있었다.

아이가 엄마 손을 꼭 잡으며 떨리는 목소리로 속삭인다.

"엄마, 저 사람 진짜야 가짜야?"

희미한 촛불 아래에서 엄마가 대답한다.

"원래는 진짜 사람이었어. 하지만 저 사람은 나무로 만든 가짜란다."

"엄마."

작은 아이가 엄마 옆으로 바짝 붙어서며 들릴 듯 말 듯 다시 묻는다.

"우리 밖으로 나가면 안 돼? 저 사람은 왜 저렇게 무섭게 만들어놓은 거야?"

어떻게 대답해줘야 할지 엄마는 알 수가 없다.

암흑의 수문을 나서자 햇살이 머리 위로 곧장 쏟아져내린다. 아이의 머리카락이 햇빛에 반짝인다. 분수 저 멀리에서부터 은은하게 바이올린 소리가 들려온다.

커다란 아빠의 손이 안안에게 복슬복슬 커다란 솜사탕을 건넨다. 솜사탕은 분홍빛이다. 사실 엄마는 이미 답을 알고 있었다.

낡은 옷에 물을 뿌리던 도사는 '혼'을 부르고 있었다. 어촌 사람들은 망망대해의 한켠에 기대어 살아간다. 심오하고 신비로운 바다는 그들에게 풍요로운 생활을 선사하는 동시에 냉혹한 죽음을 안겨다주기도 한다. 하지만 바다는 어떠한 해명도 하지 않는다. 오래전 엄마는 어느 해변의 모래밭에서 사람의 다리 하나를 본 적이 있었다. 본래 가무잡잡하고 단단했을 그 다리는 소금물에 오래 잠겨 있어 허옇게 부어올라 있었다.

그 다리가 누구의 것인지 어떻게 알 수 있을까.

어느 날 누군가의 남편이, 누군가의 아들이 돌아오지 않은 것뿐이었다. 돌아온 것은 배뿐이다. 남편을, 그리고 아들을 기다리는 이들은 수심이 가득한 얼굴로, 검은 모자를 쓰고 붉은 도포를 두른 사자使者를 만나러 사원을 찾는다. 남편과 아들이 예전에 입던, 그들의 살이 닿았던 옷가지를 하나 가득 품에 안은 채.

얼굴이 시뻘겋게 달아올랐던 그 아기는 어쩌면 꼬박 하루 밤낮을 줄기차게 울며 보챘을 것이다. 아기 피부에 작은 수포들이 가득 돋아 있거나, 혀에 하얀 막이 덮여 있을지도 모르고, 수포나 하얀 막 같은 것이 없어도 그저 몸을 꽁꽁 싸매고 있는 담요가 너무 두껍고 답답해서 숨쉬기가 힘든 것일 수도 있다.

하지만 아기 '엄마'는 아기 몸에 귀신이 붙어서 경기를 일으키는 거라고 생각한다. 그리고, 금니를 한 도사가 '까무러친 아기의 혼을 다시 불러들일 수 있다'고 믿는 것이다. 사원 문을 나설 때 아기 엄마는 붉은색의 작은 보따리를 품에 꼭 안고 있었다. 혼을 불러들이는 의식을 치른 뒤, 도사가 향이 타고 남은 재를 싸주면서 우유에 타서 아기에게 먹이라고 한 것이다.

가슴에 피를 흘리며 벽에 매달려 있는 이는 본래 '진짜' 사람이었다. 그는 유난히 따뜻하고 믿음직스런 손으로 아픈 이의 얼굴을 어루만져주었고, 확신에 찬 진실한 목소리로 손에 돌을 든 사람들에게 심판보다 사랑이 중요함을 가르쳤다. 그리고 제 몸에 새겨진 상처와 그 위로 흘러내리는 피로써 약하디약한 인간들에게 때론 희생이 생명보다 고귀함을 일깨워주었다.

그를 직접 만나보지 못한 후대 사람들은 나무나 돌, 흙, 플라스틱 등으로 그의 형상을 만들었다. 그 형상을 도로변에 세워 운전자들이 보게 했고, 산꼭대기에 설치해 지나가는 사람들이 올려다보게 했으며, 또 어두운 벽에 걸어두어 참회하는 이들이 눈물을 흘리게 했다.

그리고, 세 살짜리 아이를 벌벌 떨게 했다.

오색찬란한 바위로 하늘의 거대한 구멍을 메우고, 채소밭의 커다란 호박이 손짓 하나에 황금빛 마차로 변하고, 물에 빠진 사람이 아름다운 수선화로 다시 피어나고…… 이런 것들을 사람들은 신화라 부른다.

종을 흔들어 갈 곳을 잃고 떠도는 영혼을 불러들이고, 경전 한 구절로 귀신을 제압하고, 산가지˚로 한 사람의 인생을 점치고…… 이런 것들을 사람들은 미신이라 부른다.

마리아가 처녀의 몸으로 임신을 하고, 예수가 물 위를 걷고, 장님이 눈을 번쩍 뜨고, 죽은 자가 무덤을 열고 일어나고…… 이런 것들을 사람들은 신앙이라 부른다.

신화, 미신, 신앙.

엄마는 아이의 질문에 대답할 수 없었다. 엄마 자신도 혼란스럽긴 마찬가지였다.

안안은 햇살 아래에서 분홍색 솜사탕을 핥고 있다.

교회 첨탑에서 비둘기 한 마리가 날아 내려왔다. 목에 푸른빛 고리를 두른 비둘기는 뒤뚱뒤뚱 작은 사내아이의 발 아래로 다가왔다.

˚ 점술에서, 괘卦를 나타내기 위해 쓰는 도구로, 네모기둥꼴로 된 나무 막대기.

사내대장부

　엄마는 정기검진을 받으러 안안과 함께 산부인과를 찾았다.

　엄마가 치마바지를 벗은 뒤 진료의자에 앉아 두 다리를 벌리자, 의사가 장갑을 끼고 검진도구를 꺼내든다.

　"엄마."

　안안이 문 옆에서 엄마를 부른다.

　"나도 볼래."

　스퇀 선생은 엄마를 힐끗 쳐다보고는 묻는다.

　"괜찮으시겠어요?"

　엄마는 잠시 생각한 뒤 대답한다.

　"괜찮아요. 안안, 들어오렴. 하지만 여기 있는 것들은 만지면 안 된다."

　안안은 의사 옆에 서서 고개를 들어올리고 새로운 각도에서 엄마를 쳐다본다.

　"스 선생님, 뭐하는 거예요?"

　의사의 손가락이 엄마 몸속으로 들어가자 안안의 눈이 커진다.

　"아기의 머리를 만지고 있단다. 잘 크고 있는지 확인하는 거야."

　엄마 배가 동글동글해졌다. 뱃속에 아기가 들어 있다는데, 나중에 밖으로 나오면 안안과 자동차를 가지고 함께 놀 수 있다고 한다.

"스 선생님, 지금은 뭘 만지고 있어요?"

엄마의 주치의는 안안에게 다정하게 미소지어 보인다.

"자궁이란다. 자궁은 엄마 뱃속에 있는 아기의 침낭이야. 너도 예전에는 그곳에서 잠을 잤단다."

"스 선생님, 그건 뭐예요?"

"이건 작은 등불이야. 보렴, 엄마 뱃속은 캄캄하고 어두운데 이 등으로 비추면 안을 볼 수 있단다."

엄마는 비스듬히 누운 채 나이가 지긋한 남자와 어린아이의 대화를 들었다. 안안이 좋아하는 책 한 권이 떠올랐다. 《인체의 신비》라는 책이었다. 안안은 손가락을 그림 위에 올린 채 혼자 중얼거리곤 했다. "먹은 것이 여기로 들어가. 입, 그리고 미끄러져 내려가는 곳이 식도, 그리고 여기서 섞이는데 시큼한 맛이 나는 이곳은 위…… 그리고 여기, 아유, 지독해! 여기는 대장, 섞이고 섞여서, 똥이 돼! 나왔다!"

오늘, 아이는 신비로운 인체의 실습과목을 또 하나 수강한 셈이다.

의사는 반질반질한 엄마의 배 위에 끈적끈적한 풀 같은 것을 바르고는 무슨 막대기 같은 걸로 그 풀을 넓게 문질렀다. 그러자 형광 스크린 위에 희미한 형상이 나타났다.

의사가 태아의 머리 둘레를 잰다.

"스 선생님, 남자애인지 여자애인지 보이세요?"

엄마가 묻는다.

의사는 살짝 웃어 보였다. 뭔가 숨기는 듯한 얼굴이다.

"제 눈에는 아기만 보이는데요. 아기 머리가 두 개가 아니고 발가락

이 여섯 개가 아니라는 것만 보입니다. 남자아이인지 여자아이인지
는…… 꼭 아셔야겠어요?"

엄마는 그 정도는 아니라는 듯 고개를 가로젓는다.

"그래요!" 스 선생이 초음파의 전원을 끈다. "인간은 이미 이 세상
을 무절제하게 파헤쳤어요. 하늘의 뜻과 자연의 경이로움은 좀 남겨
두는 게 더 아름답다고 생각하지 않으세요?"

엄마는 다소 의아한 눈빛으로 이 저명한 독일인 의사를 찬찬히 뜯
어본다. 의사는 지금까지 단 한 번도 임신부에게 태아의 성별을 미리
가르쳐준 적이 없었다. 쉰 살 남짓의 스 선생은 곱슬곱슬한 검은 머리
에 유난히 온화해 보이는 눈을 가지고 있다.

"매일 비타민 챙겨 드시는 것 잊지 마시고요……"

의사는 검사 결과를 기록하면서 엄마에게 당부한다.

"스 선생님." 엄마가 불쑥 묻는다. "선생님은 임신중절수술 안 하세
요?"

순간 멈칫 하더니, 의사는 고개를 가로젓는다.

"아니요, 절대 안 합니다."

"왜죠?"

엄마는 무슨 일이든 언제나 끝까지 캐묻곤 했다.

"저는 생명을 사랑합니다. 제게는 이 세상에 오는 생명을 맞이할 책
임만 있습니다. 그 어떤 생명도 제가 함부로 끊을 수는 없습니다."

스 선생의 대답은 간단명료했다.

"그렇다면……" 엄마는 머뭇거린다. "아이를 낳은 후에 난관결찰수
술을 해주실 수는 있나요?"

스 선생의 온화한 눈이 미소짓는다.

"꼭 하셔야겠다면 해드릴 수는 있습니다. 하지만 안드레아 어머니, 저는 당신이 수술하지 않도록 설득하느라 아마 오후시간을 전부 보낼 겁니다."

"왜죠? 전 아이를 둘만 원해요. 게다가 둘째를 낳고 나면 저는 서른여덟이 돼요. 결코 적은 나이가 아니죠. 그런데 왜 불임수술을 받지 말라는 거지요?"

엄마는 이해가 되지 않는다. 안안을 임신했을 때, 미국인이 운영하는 타이안 병원에서 간호사는 마치 당연한 관례인 것처럼 물었다. 아이를 낳은 후 난관결찰수술을 바로 받지 않겠냐고.

"왜냐하면," 스 선생은 바쁜 와중에도 차근차근 설명한다. "여성의 난관결찰수술은 한번 하면 다시는 돌이킬 수 없으니까요. 생각해보세요. 우리 인생이 얼마나 예측불허입니까. 아이에게 무슨 일이 생길지도 모르고, 또 그래서 아이를 다시 낳고 싶어졌는데 이미 수술을 받은 후라면 그땐 불가능하게 돼요. 정말 안타까운 일이죠. 지금 원하지 않는다면 수술 대신 피임약을 먹을 수도 있고, 피임장치를 삽입할 수도 있어요. 물론 가장 좋은 방법은 남편 쪽에서 불임수술을 받는 거예요. 남자들의 수술은 간단하기도 하고 또 언제든 다시 되돌릴 수도 있으니까⋯⋯"

스 선생은 잠시 말을 쉬었다가 엄마를 똑바로 쳐다보며 다시 말을 잇는다.

"당신 같은 여성이, 왜 아이를 더 낳지 않으려는 거죠?"

말문이 막힌 엄마는 얼른 대답하지 못한다.

"저, 저, 저는…… 이미 서른여덟이고……"

"서른여덟이 어때서요!" 의사는 사뭇 진지하다. "당신은 아이를 기를 능력이 있고, 또 시간과 지혜도 있어요…… 당신 같은 여성이 아이를 많이 낳지 않으면 누가 낳겠습니까?"

"후……" 스 선생은 희미하게 미소를 지어 보이고는 다시 말한다. "당신 같은 여성해방주의자들이 가장 상대하기 어려워요!"

"선생님은 아이가 몇이세요?"

엄마는 여전히 이해할 수 없다는 듯 묻는다.

의사가 웃으며 대답한다.

"다섯입니다!"

"오……!"

엄마는 더이상 아무 말도 하지 못한다.

햇살이 나른하게 비치는 오후, 엄마와 몇몇 여자들이 에리카네 집에 모여 커피를 마시고 있다. 에리카의 아들은 이미 대학원생이 되어 주말에만 집에 왔는데, 그때마다 마치 산타클로스처럼 더러운 빨랫감을 한 보따리 지고 와 엄마에게 던져준다고 한다. 그리고 혼자 쓰기 힘든 리포트가 있으면 아들 대신 에리카가 옆집으로 도움을 청하러 간단다. 이웃들이 대부분 경제학박사, 심리학박사, 의학박사, 문학박사였으니까.

"남편에게 불임수술을 받게 하라고요?" 에리카는 하마터면 커피를 엎지를 뻔한다. "예전에 제가 약을 못 먹었어요. 약물 알레르기가 있었거든요. 그래서 루프를 삽입했는데, 질에 계속 염증이 생기는 거예요. 어쩔 수 없이 남편에게 수술을 받으라고 부탁했죠…… 그 사람이 동의했을까요?"

여자들은 눈이 휘둥그레져서 일제히 묻는다.

"동의 안 했어요?"

에리카가 고개를 끄덕인다.

"차라리 자기 목을 치라고 하더라고요."

하이디 역시 머리를 가로젓는다.

"제 남편도 안 하려고 하던걸요."

수잔이 과감히 결론을 내린다.

"남자들은 자기 확신이 부족해요. 그래서 '그것'에 의지해서 자신을 증명해 보이려고 하는 거죠."

여자들은 커피를 마시며 뭔가 크게 깨달은 듯 고개를 끄덕인다.

그날 저녁식사 자리에서 엄마는 아빠에게 유달리 신경을 쓴다. 아빠를 위해 화이트와인과 왕새우를 준비하고, 안안이 아빠 어깨 위로 기어올라가 밥을 먹는 것도 못 하게 한다.

식사를 마친 아빠가 의자를 밀어젖히고 몸을 일으키려는 순간, 엄마가 아빠를 가로막는다. 엄마는 진지하게 말한다.

"앉아보세요. 당신과 상의할 일이 좀 있어요."

"무슨 일인데?"

아빠의 얼굴색이 변한다. 엄마의 표정으로 짐작건대 뭔가 큰일임이 분명하다. 아빠는 조용히 다시 자리에 앉는다.

엄마는 조심스럽게 스 선생이 해준 이야기를 그대로 들려주고는 오후 내내 준비한 변명을 늘어놓기 시작한다.

"그래서, 가장 좋은 방법은 남자가 수술을 받는 건데……"

아빠 얼굴이 금세 편안해진다.

"알았어, 내가 갈게!"

"남자들 불임수술은 정말 간단하대. 몇 분이면 끝나고 아프지도 않고……"

엄마는 멈추지 않고 계속해서 외운 대로 읊어댄다.

"알았어. 내가 수술받겠다니까!"

"그리고 불임수술을 받는다고 해도 남자의 능력에는 아무 영향도 미치지 않으니까, 괜히 혼자 속앓이하지 말고. 자기 확신이 있는 남자라면."

문득 엄마는 말을 멈추고 아빠를 뚫어져라 쳐다본다.

"당신 방금 뭐라고 했어?"

아빠는 어깨를 으쓱한다.

"별것도 아니구만! 내가 가서 수술 받겠다고. 뭐 그런 일을 가지고 그렇게 일장연설이야."

아빠는 의자를 밀어젖히더니 거실로 가서 아들과 놀기 시작한다. 금세 부자가 서로 쫓아다니며 장난치고 웃어대는 소리가 들려온다.

엄마는 멍하니 그대로 의자에 앉아 있다.

점점 멀어지다

어느 따분한 오후, 안안이 엄마에게 졸라댄다. 엄마, 나 어렸을 때 이야기 좀 해줘!

그래 좋아. 너는 아기였을 때 정말 전투적으로 엄마 젖을 빨았어. 조 그만 손바닥으로 엄마 젖을 꽉 움켜쥐고는 있는 힘껏 빨았지. 자칫 손 이라도 놓치면 깊은 바다 속으로 빠지기라도 할 것처럼 젖을 놓지 않 았어. 일 분도 채 안 되어 젖이 마르면 이내 다른 쪽 가슴으로 달려들 었지…… 그때, 너는 하루 온종일 엄마 가슴에 찰싹 붙어 지냈어.

그다음에는?

그다음에, 너는 기기 시작했지. 엄마가 이쪽 방으로 가면 이쪽 방으 로 기어오고, 저쪽 방으로 가면 또 저쪽 방으로 기어왔어. 강아지처럼 말이야. 엄마가 눈에 보이지 않으면 곧장 울음을 터뜨리곤 했지.

그다음에는?

그다음에는, 걸었지. 매일 엄마한테 손을 잡아달라고 해서는 현관 문을 나서서 길 건너 포르테네 집에 놀러 갔어.

초인종이 울린다. 한구석에서 자동차를 가지고 놀던 화페이華飛가 문을 향해 돌진하며 소리친다.

"페이페이飛飛*가 열 거야. 페이페이가 열어!"

여섯 살 포르테가 문 앞에 서 있다.

"안안, 빨리 와봐. 우리 엄마가 마당에서 개미굴을 발견했는데……"

"개미? 어?"

페이페이의 눈이 동그래진다.

포르테와 안안은 어느새 밖으로 뛰쳐나가고 없다. 두 아이 모두 맨발이다. "길을 건너기 전에 먼저 양쪽을 살펴!" 엄마가 미처 소리칠 새도 없이, 이제 곧 세 돌이 되는 페이페이마저 어느새 큰길가에 도착해 있다. 뒤에서 엄마가 외친다.

"멈춰!"

페이페이는 그 자리에서 급하게 브레이크를 건다.

"차가 와, 안 와?"

페이페이의 고개가 왼쪽, 오른쪽으로 돌아간다.

"안 와."

"뛰어!"

곱슬머리 꼬마 고무공이 통통거리며 길을 건넌다.

엄마는 주방으로 들어간다. 오늘은 바나나케이크를 구울 생각이다. 밤나무의 초록 잎사귀가 유리창을 가볍게 두드리는 바람에 엄마는 깜짝 놀란다. 작았던 그 나무가 언제 이렇게 컸지? 막 옮겨심었을 때는 창문보다 훨씬 아래에 있었는데! 따사로운 햇빛이 유리창 안으로 들어와, 식탁 위로 흔들리는 나뭇잎 그림자를 만들어놓는다. 바나나 세

* 화페이의 애칭.

106

개, 밀가루 두 컵, 계란 한 개……

　그다음, 안안은 혼자 길을 건널 수 있게 되었다. 집 앞 큰길은 일방통행로인데다 차도 그리 많이 다니지 않았다. 삼십 분에 한 번, 큰 버스 한 대가 숨을 헐떡거리며 지나가는 정도였다. 페이페이는 그 버스 소리를 유난히 좋아했다. 어느 날 엄마가 주방에서 신문을 보며 커피를 마시고 있을 때였다. 버스가 부르릉거리는 소리가 얼핏 들려왔다. 소리가 점점 가까워지나 했더니 어느 순간 뚝, 끊겼다. 바로 주방 밖에서였다. 커피를 한 모금 마시고 신문을 읽어내려가던 엄마는 벌떡 일어났다. 주위를 몇 바퀴 돈 엄마는 곧장 문밖으로 뛰쳐나갔다. 아니나 다를까, 아직 키가 강아지보다 작은 한 살 반의 페이페이가 큰길 한가운데 큰 버스를 가로막고는 서서는 고개를 쳐든 채 쪽쪽 우유병을 빨고 있었다. 아이는 높은 곳에 앉아 있는 버스기사를 쳐다보고 있었다.

　그다음은, 아마 안안이 유치원을 졸업한 지 며칠 되지 않았을 무렵일 것이다. 안안과 포르테가 어깨동무를 하고 엄마 앞에 나타났다.

　"엄마, 우리끼리 놀이터 가도 돼?"

　엄마는 어안이 벙벙했다. 모래밭과 미끄럼틀이 있는 그 놀이터는 집에서 겨우 사백 미터 정도밖에 떨어져 있지 않았다. 하지만 아이들끼리 간다고? 갖가지 끔찍한 장면들이 머릿속에 떠올랐다. 변태 성욕자가 어린 여자아이, 남자아이를 강간하고 죽인 뒤 시체를 유기한다, 도망자가 아이를 납치해 인질로 삼았다가 결국 죽이고 만다, 주인이 방치한 개가 아이를 물어뜯고는 창자까지 끄집어낸다, 여름에 말벌은 사람을 쏠 수 있고 죽일 수도 있다……

　"엄마, 안 돼?"

사내아이들은 더이상 못 기다리겠다는 듯 망설이는 엄마를 노려보았다.

엄마는 책상 앞에서 일어나 한쪽 무릎을 세우고 안안 앞에 꿇어앉았다. 두 사람의 눈이 나란히 서로를 마주 보았다. 엄마는 아이의 손을 잡고 천천히 입을 열었다.

"너 뒤쪽에 있는 인도로만 걸어야 한다는 거 알고 있지?"

안안은 고개를 끄덕였다.

"모르는 사람을 따라서는 아무 데도 가면 안 된다는 것도 알고 있지?"

"알아." 아이는 또렷한 목소리로 대답했다. "사탕을 준다고 해도 안 따라가."

"만약," 엄마가 말을 이었다. "만약 그 사람이 같이 토끼를 보러 가자고 하면?"

사내아이가 고개를 가로저었다.

"그래도 안 가."

엄마는 그제야 자리에서 일어나 아이의 머리를 쓰다듬었다.

"좋아, 가봐!"

녀석들은 신이 나서 서로 쫓고 쫓기며 앞다투어 달려나갔다.

이때부터 안안은 집에 돌아오면 마치 온 세상을 떠돌아다니는 선원처럼 모험담을 늘어놓기 시작했다. 놀이터 옆에 넓은 풀밭이 있는데, 풀숲 여기저기에 마멋이 숨어 있다는 이야기, 풀밭에 이름 모를 고목이 한 그루 서 있는데 나뭇가지마다 늘 까마귀들이 새까맣게 앉아서 하늘을 향해 '까악까악' 울어댄다는 이야기, 숲속에 야생 토끼가 사는

데 귀는 엄청나게 긴데 비해 꼬리는 진짜 짧고 몸은 통통해서 뚱뚱한 고양이만하다는 이야기, 그네 옆 나무에 초록색 콩이 잔뜩 열려 있는데 콩에 잠자리 날개처럼 생긴 얇은 콩 꼬투리가 붙어 있어서, 그 콩 꼬투리를 공중으로 던져올리면 날개가 프로펠러처럼 돌면서 떨어지는 모습이 꼭 아래로 착륙하는 헬리콥터 같기도 하고 나비 같기도 하다는 이야기……

"엄마!" 이른 아침, 단정하게 옷을 차려입은 안안이 엄마 침대 옆에 서서는 말한다. "유치원 갈래."

엄마는 피식 웃는다.

"하지만 넌 유치원은 벌써 졸업했잖아. 한 달 뒤면 너는 학교에 갈 거야."

안안은 그래도 유치원에 가겠다며 떼를 쓴다.

헝클어진 머리에 잠옷 차림 그대로 침대 가장자리에 일어나 앉은 엄마는 턱을 괸 채 아들을 쳐다본다.

'이 녀석, 아직 '졸업'이 뭔지 모르는구나. 하긴, 얘가 그걸 어떻게 알겠어?'

이십 분 뒤 엄마와 아들은 유치원 문 앞에 도착한다. 안안은 흥분되는지 눈을 반짝였다. 유치원에는 아이가 좋아하는 친구가 있고, 익숙한 장난감과 구석자리, 좋아하는 냄새가 있었다.

문을 밀고 들어간 안안은 그 자리에 그대로 얼어붙는다. 윙윙거리며 떼지어 움직이던 꼬마들이 동작을 멈추고 문 쪽을 돌아본다. 안안은 손을 뻗어 엄마를 잡으며 당황한 듯 묻는다.

"내 친구들은?"

아이가 아는 얼굴이 한 명도 없다.

"내 친구들은 어디 있어?"

안안은 당혹스러운 얼굴로 엄마를 쳐다본다. 발은 이미 문밖으로 한 걸음 물러나 있다.

"네 친구들은, 안안," 엄마는 가만히 문을 닫는다. "너처럼 다 자라서, 유치원을 떠났어. 그애들도 학교에 갈 준비를 하고 있을 거야."

안안은 고개를 숙인 채 발끝으로 바닥을 비벼댄다.

"그애들은…… 다시 오지 않아?"

"다시 오지 않아. 유치원은 이제 지나간 거니까……"

작은 사내아이는 멍하니 그 자리에 서서 움직이지 않는다. 어디선가 기타 소리와 아이들의 노랫소리가 들려온다. 한참 뒤, 아이는 엄마 손을 놓더니 두 손을 바지 주머니에 찔러넣고는 문 쪽으로 걸어간다.

"엄마, 우리 가자!"

그 슬픈 여름방학, 안안은 지하실에서 커다란 자루를 하나 발견했다.

아이들은 경찰 놀이를 하고 있었다. 경찰이 된 아이가 도둑이 된 아이를 잡는 것이었다. 안안과 포르테는 온몸을 무장한 경찰이 되어 허리에는 나뭇가지 권총을 꽂고, 어깨에는 밧줄과 열쇠를 걸고 있었다. 도둑은 세 살 반이 된 포르테의 여동생이었는데, 아이의 두 손은 엉성하게 한데 묶여 있었다. 그리고 두 살 반 페이페이는 경찰견이 되어 목에 빨간 리본을 두른 채 바닥을 열심히 기어다녔다.

도둑을 가두어두기 위해 감방 문을 여는데, 구석에 있는 커다란 자루가 경찰인 안안의 눈에 들어온다.

"사기꾼! 엄마 아빠 모두 사기꾼이야!"

얼굴이 벌게진 안안이 씩씩대며 소리친다.

"산타할아버지 수염, 옷, 모자, 가면…… 전부 다 여기 있잖아. 내가 찾아냈어. 다 찾아냈다고!"

어리둥절하던 엄마 아빠는 곧 서로를 마주 보며 웃음을 터뜨린다. 이날이 오기를 얼마나 손꼽아 기다렸던가. 막상 닥치고 보니 잠깐 당황한 것뿐이었다. 아빠는 들고 있던 부엌칼을 내려놓는다. 주말은 요리하기를 좋아하는 아빠가 직접 나서는 날이다. 아빠는 자리에 앉으며 아들을 무릎 위에 올려놓는다.

"안드레아, 들어보렴. 아빠도 네 나이 때 할머니 집 다락방에서 산타할아버지 물건들을 발견했단다. 맞아, 매년 성탄절에 우리 집 정원에 나타나는 사람은 진짜 니콜라스가 아니야. 하지만, 그렇다고 우리가 너를 속인 건 아니란다……"

안안은 심통을 부리며 고개를 돌려버린다. 아빠의 설명 따위는 필요 없다는 뜻이다.

"너를 속인 게 아니야. 아주 오래전에는 니콜라스가 진짜로 이렇게 빨간 옷을 입고, 또 빨간 모자를 쓰고 사람들을 찾아왔거든. 그런데 세월이 흐르다보니 그도 너무 늙어서 더이상 많은 눈을 헤치고 먼 길을 올 수가 없게 된 거야. 그래서 아빠, 엄마가 그를 대신해서 일을 하는 거란다…… 생각해봐, 이게 너를 속인 거니?"

안안은 조금쯤 마음이 풀린 듯하다. 그때 목에 빨간 리본을 매단 페이페이가 '멍멍멍' 개 짖는 소리를 내며 주방으로 폴짝폴짝 뛰어들어온다. 안안의 시선이 그쪽으로 쏠리더니 갑자기 아빠 무릎 위에서 뛰어내려서는 지하실로 달려가며 외친다.

"내가 가서 산타할아버지 물건을 숨길게. 페이페이가 보면 안 돼!"

그날 해질 무렵, 안안과 포르테는 방문을 닫고 들어가 음악을 들으며 그림책을 보고 있었다. 라디오에서는 안안이 무척이나 좋아하는 노래가 흘러나오고 있었다. 신은 당신의 손으로, 대지를 어루만진다. 봄풀은 깊디깊고······

속삭이는 듯 안안의 목소리가 들려온다.

"포르테, 너 그거 알아? 난 이 세상에 신이 있다고 믿지 않아······"

"나도 안 믿는 것 같아······"

포르테가 진지하게 대답한다.

그리고 책 넘기는 소리. 두 사내아이 모두 조용하다.

엄마가 아이들의 방문 앞을 지나간다.

개학식이 끝나자 알록달록한 책가방을 멘 신입생들은 학교 건물 앞에 삐뚤삐뚤 두 줄로 서서 왁자지껄 떠들어대고 있다. 유치원에서 사라졌던 낯익은 얼굴들이 다시 나타났다. 안안과 친구 크리스천은 손을 꼭 잡고 흥분과 불안이 뒤섞인 얼굴로 무언가를 기다리고 있다. 아빠와 엄마, 그리고 꼬마 곱슬머리 페이페이 역시 학부모들 틈에 서서 무언가를 기다리고 있다.

갑자기 종소리가 울리더니 무슨 폭발이라도 일어난 듯 공기가 후끈 달아오른다. 선생님은 아름다운 어미닭처럼 줄 맨 앞에 서서는 양팔

을 벌려 난간처럼 만들었다. 1학년 2반, 스무 명의 아이들이 손에 손
을 잡고 교실 입구를 향해 발걸음을 옮긴다.

　안안에게 고정되어 있는 엄마의 눈은 내내 아이가 움직이는 걸 지
켜보고 있다. 새 가방에 그려진 각양각색의 공룡들이 따라 움직인다.
아직 저렇게 말랐는데. 저렇게 작은 아이인데. 젖을 빨던 아기 때 모습
이 아직 얼굴에 그대로 남아 있는데…… 안안과 공룡은 앞으로 걸어
간다. 걷고 또 걸어 아이는 어두운 문 안으로 사라진다.

　안안은 뒤돌아보지 않는다.

　엄마의 눈은 여전히 그 문을 뚫어져라 바라본다. 저 문은 지금 얼마
나 깊고 먼 것인지…… 결국 눈앞이 뿌예지고 만다.

《수호전水滸傳》을 읽는 아이

《서유기》를 다 읽어준 후, 엄마는 《수호전》을 읽어주기 시작했다. 뚱뚱한 중 노지심魯智深은 술과 개고기를 좋아하고 걸핏하면 패싸움을 했기에, 안안을 박장대소하게 만들곤 했다.

노지심은 잘 때 코 고는 소리가 마치 천둥치는 소리 같았고, 한밤중에 일어나 불당에 대소변을 보았다……

안안은 제 코를 움켜쥐었다.

"지독해!"

아이는 낄낄거리며 웃음을 멈추질 않는다.

엄마는 속으로 생각한다. 이 책이 내 아이의 생활교육을 망치는 건 아니겠지? 일단 조금만 더 읽어줘보자. 한밤중에 술에 취한 노지심이 비틀비틀 산속 절로 돌아오는데 대문이 잠겨 있다. 마치 북을 치듯 주먹으로 문을 쾅쾅 두드리던 그가 문득 몸을 돌리자 문 옆에 금강상이 눈에 띈다. 노지심은 거기에다 대고 마구 욕을 퍼붓는다.

"이 덩치 큰 멍청아! 감히 문을 안 열어……"

노지심은 금강상 위로 뛰어올라 그것을 때려 부수기 시작했다. 금강상의 손이 떨어지자, 노지심은 그 손으로 금강상의 발을 있는 힘껏 내리쳤다. 결국 금강상은 칠이 다 벗겨지고 온몸이 산산조각나버린다……

안안은 눈이 휘둥그레져서는 넋을 놓고 듣고 있다. 엄마는 생각한다. 어, 이거 문화대혁명 때 홍위병들이 '4구四舊' 타파'를 주장한 것과 다를 게 없네.

노지심이 무뢰한 두 명을 발로 차서 똥구덩이에 빠뜨리는 장면에서 안안은 배를 잡고 웃어대느라 침대에 엎드려 일어나지도 못한다.

소화산少華山의 산적 세 명은 칠백 명의 부하를 거느리고 민가를 습격해 재물을 약탈했다……

"민가를 습격하고 재물을 약탈하는 게 뭐야?"

"그건 이 집 저 집 다니면서 물건을 빼앗는 거야. 강도 같은 거 말이야."

안안은 고개를 끄덕인다. 엄마는 이야기를 계속한다.

"세 명의 강도…… 음…… 세 명의 호걸은, 먼저 신의 재주를 가진 신기군사 주무朱武인데, 그 사람은 무척 영리했어. 두번째 강도, 아니 호걸은 진달陳達이었어. 세번째 호걸은 대간도大桿刀의 명수인 양춘楊春이고. 이 세 명의 호걸은 산채에 살다가 돈이 필요하면 산에서 내려와 통행료를 받았어. 이충李忠과 주통周通 기억하지? 그들도 무기를 든 채 산길을 가로막고 외쳤잖아. '어이! 거기, 살고 싶으면 어서 통행료를 내놓으라고!' 산길을 지나가는 행인들 중에는 더러 칼을 들도 덤비는 이들도 있었는데, 칼이 열댓 번 왔다 갔다 하면 부하들이 우르르 몰려나와 그 행인들을 절반 이상 죽여버리고 수레와 재물을 빼앗았지. 그러고는 노래를 부르며 유유히 산을 올라갔잖아……"

• 문화대혁명 당시 홍위병들이 혁명의 주요 목표로 내건 네 가지 낡은 악惡으로, 구사상, 구문화, 구풍속, 구습관을 가리킨다.

안안은 뭘 생각하는지 눈살을 찌푸린 채 꼼짝도 하지 않고, 그사이 엄마의 목소리는 점점 작아진다.

송강宋江과 파석婆惜의 이야기를 하면서 엄마는 긴장해서 말까지 약간 더듬는다.

파석이 말했다. 당신에게 그 편지를 돌려주는 건 어렵지 않다. 하지만 조건이 세 가지 있다. 첫째, 내 재가를 허락한다는 각서를 써라.

엄마는 여섯 살 사내아이를 힐끗 보면서 말한다.

"이 조건은 이상할 것 없어, 이혼증서잖아! 더이상 사랑하지 않으니까 헤어지려는 거지."

안안이 고개를 끄덕인다.

둘째, 내 머리에 꽂힌 것, 몸에 걸친 것, 집에서 쓰는 것 모두 네가 사준 것이지만, 이후에 다시 돌려달라 하지 않는다는 각서를 써라. 음…… 엄마는 혼잣말을 하듯 중얼거린다.

"이 조건도 지나친 건 아니야. 재산은 본래 부부 공동소유니까 헤어질 때는 절반씩 나누는 게 당연하지. 그렇지?"

안안도 고개를 끄덕이며 동의한다는 표시를 한다.

"나랑 페이페이도 그렇게 해."

셋째, 양산박梁山泊에서 너에게 보낸 금 백 냥을 나에게 달라……

"이건, 욕심이 지나치네. 네 생각은 어때?"

안안 역시 몹시 분개한다.

"맞아, 이 여자 욕심쟁이야!"

송강이 이불을 젖히자 편지 주머니가 달린 허리띠가 나왔다. 파석은 그걸 꼭 끌어안은 채 죽기 살기로 버텼다. 송강이 허리띠를 빼앗으려는데 그만 거기에 묶여 있던 칼이 먼저 튀어나왔다. 송강이 그 칼을 잡자 그걸 본 파석이 비명을 내질렀다. "흑삼랑黑三郎*이 사람을 죽이네!" 다시 소리를 지르려 할 때 송강은……

엄마는 입을 다물고 책을 뚫어져라 쳐다본다.

왼손으로 계집을 누르고 오른손으로는 칼을 들어 그 목을 찔렀다. 붉은 피가 사방으로 튀는데도 그 계집은 여전히 소리를 질렀다. 송강은 그녀가 살아날까 두려워 다시 한 번 칼로 그었다. 그 목이 베개 위로 뎅강 떨어졌다……

"어떻게 됐어 엄마?"

"음…… 응, 그러니까…… 송강이 화가 나서 파석을 죽여버렸어."

엄마는 황급히 책을 덮는다.

"그후, 관군이 잡으러 오자 송강은 양산박으로 도망쳤다. 이제 그만 자자, 아가. 잘 자라!"

"엄마, 근데 송강도 호걸이야?"

불은 끈 뒤 어둠 속에서 안안이 묻는다.

엄마는 이불을 잘 여며준 뒤 아이의 이마에 입을 맞추며 속삭인다.

"아니, 송강은 호걸이 아니야. 호걸은 사람을 죽이지 않거든. 이제 자라!"

"하지만 양산박에 모인 백여덟 명은 모두 호걸이잖아?"

안안이 맘에 들지 않는다는 듯 이불을 걷어찬다.

"이제 그만……" 엄마는 말꼬리를 길게 늘어뜨린다. "내일 다시 얘

---

* 송강을 가리킨다.

기하자!"

내일, 그 내일은 눈 깜짝할 사이에 찾아왔다. 엄마는 아들의 침대 머리맡에 앉아 책 속의 새 단락을 멍하니 들여다본다.

상황이 심상치 않다는 걸 눈치챈 여인이 막 소리를 지르려는 찰나, 무송武松에게 붙잡혀 그대로 고꾸라지고 말았다. 무송은 두 다리로 그녀의 양팔을 밟고 가슴팍을 가린 옷을 찢더니 눈 깜짝할 사이에 날카로운 칼로 가슴을 도려냈다. 그리고 칼을 입에 물고 양손으로 가슴을 파헤쳐 심장과 간을 파내서는 영전에 바쳤다. 그러고는 다시 그녀의 머리를 베어버렸다. 방바닥에 피가 흥건했다……

"그러고 나서……" 엄마는 물을 한 모금 마시고 이야기를 이어간다. "반금련潘金蓮이 무대武大를 죽였으므로 형의 원수를 갚기 위해 무송은 반금련을 죽이고, 역시 산으로 올라가 강도가…… 아니, 호걸이 되었다. 우리 28회로 넘어가는 게 어때?"

무송이 감옥에 갇혔을 때 관영, 그러니까 감옥을 관리하는 사람이 매일같이 그에게 술과 고기를 내주었다. 나중에 알고 보니 그 관영이 쾌활림이라는 저잣거리에서 술집을 하면서, 감옥의 죄수들을 호위무사나 졸개로 삼아 세력을 떨치고 있었던 것이었다. 그 결과 그곳을 지나는 이들은 우선 그의 허락을 받아야 장사를 할 수 있었다.

쾌활림에는 가게가 넘쳐났기에 매번 흘러들어오는 뒷돈만 한 달에 은자 이삼백 냥에……

순간, 엄마는 멈칫한다. 이건 불량배나 마피아가 보호해준다는 명목으로 돈을 요구하는 거나 마찬가지잖아?

그런데 관영의 장사가 망하게 생겼다. 키가 장대같이 커서 장문신蔣門神이라는 별명으로 불리는 자가, 관영보다 훨씬 뛰어난 무예로 그동안 그가 차지하고 있던 이권을 전부 빼앗아가버린 것이었다. 관영은 무송의 도움이 절실하게 필요했다.

'그래서 관영이 매일 무송에게 술과 고기를 준 거였구나!'

엄마는 잠시 생각에 잠기며 안안을 돌아본다.

안안은 다음 내용에 대한 기대감으로 몹시 흥분한 상태다.

"그래서 무송이 가서 때려눕혔어? 그랬어?"

술에 거나하게 취한 무송이 장가네 술집으로 들이닥쳐서는 장문신의 가게를 완전히 박살낸 다음 장문신을 죽을 만큼 패고……

"안 되겠다!"

갑자기 엄마는 탁, 소리나게 책을 덮고는 단호한 표정으로 자리에서 일어선다.

"안안, 무송은 힘만 세고 머리는 텅 빈 깡패야. 영웅은 무슨, 절대 영웅이 아니야. 우리 《수호전》 읽지 말자. 바꿔야겠어, 정말 다른 책으로 바꿔야겠어!"

안안이 애걸복걸했지만 엄마는 요지부동이다. 누구에게인지는 모르겠지만 마치 화난 사람마냥 불을 끄고 방을 나가버린다.

아직 책을 고르고 있다는 평계로 엄마는 몇 날 며칠 책을 읽어주지 않고 있다. 어느 날 오후, 엄마는 이층 서재에서 뭔가를 쓰고 있다. 이따금씩 창문 아래에서 아이들이 떠드는 소리가 들려온다. 어느 순간 엄마는 펜을 멈춘다. 아이들은 거리를 지나가는 노인과 이야기를 하고 있는 듯하다. 그중에 안안의 목소리도 섞여 있었는데, 무슨 말을 하는지 정확히 들리지는 않는다.

잠시 후, 아이들이 또다른 노인과 재잘재잘 이야기를 나누는 소리가 다시 들려온다. 같은 일이 몇 차례 반복되자 엄마는 슬쩍 호기심이 발동한다. 엄마는 창가에 바짝 붙어 몸을 반쯤 밖으로 내민 채 아래를 내려다본다.

여섯 살의 안안과 앞집의 다섯 살 포르테가 대나무 장대에 헌 헝겊을 묶어 만든 깃발을 하나씩 손에 들고 흔들면서 인도 양쪽에 서 있다. 장바구니를 든 한 노부인이 비틀비틀 걸어오자 두 사내아이는 깃발을 교차해 길을 가로막는다. 안안이 맑고 또렷한 독일어로 말한다.

"어이, 거기 행인! 통행료를 내야지. 우리 형제가 여비가 좀 필요하거든!"

노부인이 허허 웃으며 대답한다.

"아이고, 백주대낮에 강도를 만났네! 내가 돈은 없는데 초콜릿은 있거든. 이걸로 어떻게 안 될까? 제발 부탁이야!"

호걸 둘은 눈을 반짝이며 노부인의 비쩍 마른 팔뚝이 바구니 안으로 들어가는 것을 지켜본다.

"좋아, 통과!"

안안이 위풍당당하게 외치자 깃발 두 개가 위로 올라가며 길을 내준다.

길의 한쪽 끝에는 양로원이 있고, 반대편 끝에는 슈퍼마켓이 있었다. 안안은 일부러 노인들에게만 손을 쓰고 있는 게 분명했다.

강도 둘이 미처 다음 노인을 붙잡기 전, 엄마는 얼른 창가에서 돌아서서 아래층으로 내달린다. 문을 박차고 나간 엄마는 맨발이다. 화가 난 엄마가 막 혼쭐을 내주려는 찰나, 안안이 엄마를 발견하고는 신나게 깃발을 흔들며 큰 소리로 외친다.

"엄마, 엄마, 엄마! 봐봐! 우리가 이렇게 많은 초콜릿을 약탈했어!
포르테도 한몫했어!"

생쥐 한 마리

　일요일 아침식사 시간, 잠옷을 입은 채 엄마는 커피를 마시며 식탁 위에 펼쳐놓은 신문을 보고 있었다.

　"데……데……몬……"

　안안이 엄마 옆으로 바짝 붙더니 손가락으로 신문의 글자를 가리킨다.

　"데……몬……스……스……"

　"안안, 너 엄마 신문을 가리고 있잖니."

　엄마는 안안을 밀어내려 한다.

　"엄마."

　안안이 손가락으로 짚고 있는 글자에서 눈길을 떼지 않은 채 묻는다.

　"엄마, 데……몬……스……트라……트라……치온이 뭐야?"

　"아!" 엄마가 대답한다. "Demonstration, 시위란 뜻이야."

　"그런데 안안, 엄마가 편안하게 신문을 볼 수 있게 좀 해줄래?"

　"카……카……피……투투투……라……"

　엄마의 말을 듣지 못했는지, 안안의 손가락과 눈은 다른 글자 위로 옮겨간다.

　"카피툴라……라치온……은 뭐야?"

"Kapitulation, 그건 항복이라는 말이야."

"거……거……페이……"

안안이 미처 다음 글자를 끝까지 읽기도 전에 엄마는 신문을 빼내어 화장실로 도망가버린다.

안안의 이 새로운 놀이는, 아이가 8월에 학교에 다니면서부터 시작되었다. 아침식사를 하는 동안 안안의 눈은 식탁 위 주스병에 고정되어 있었다.

"오……온……정……샤……프……트……아, 오렌지 주스."

더듬더듬, 그렇지만 매우 정확하게, 아이는 한 음절 한 음절 또박또박 발음했다. 길을 가다가도 거대한 버스를 쳐다보며 아이는 말했다.

"구……텐……모르……겐……아……" 아이는 큰 발견이라도 한 듯 신나서 외쳤다. "굿모닝!"

집에 손님이 오면 티셔츠의 가슴에 쓰인 글자들을 다급하게 쳐다보며 두 눈을 치켜뜨고 중얼거렸다.

"두……비……스트……" 손님이 몸을 돌리면 아이 역시 미끄러지듯 그 앞으로 따라갔다. "두……비……스……둠……둠……코프……"

아이가 깔깔깔 웃으며 갑자기 바닥을 뒹군다.

"두 비스트 둠코프, 너는 바보야! 두 비스트 둠코프……"

그 즐거움이란, 분명 장님이 갑자기 눈을 뜨고 세상을 보았을 때와 같은 느낌일 것이다. 엄마는 당나귀처럼 바닥을 데굴데굴 구르는 아이를 바라보며 문득 그런 생각이 든다. 어쩌면 유치원에서는 글자를 가르치지 않는 게 맞을지도 모른다. 급할 게 뭐가 있을까. 어린 시절이 얼마나 짧고 또 얼마나 소중한데. 학교에서 이제 ABCD부터 시작하는 스무 명의 아이들 가운데 미리 글자를 배운 아이는 두세 명 정도인데, 그 아이들이 오히려 교실에 멍하니 앉아 있곤 한다. 다른 친구들이 재잘재잘 신나게 글자의 세계를 발견해나가는 동안.

《이코노미스트The Economist》에 나온 한 통계수치에 엄마의 눈이 번쩍 뜨인다. 초등학교 1학년 아이들은 숙제하는 데 주당 몇 시간이나 쓸까? 미국 1.8시간, 일본 3.7시간, 타이완 8시간.

"세상에나!"

엄마는 속으로 비명을 지른다. 안안이 숙제하는 시간을 따져본다. 알록달록하고 네모반듯한 커다란 책가방에는 보통 공책 한 권과 필통 한 개가 들어 있다. 교과서는 학교에 두고 다닌다. "교과서를 가방에 넣고 다니면 너무 무겁다고 선생님이 그랬어." 공책 한 장에 글자 네 줄을 쓰는 것이 매일매일의 숙제였다. 굵직한 크레파스로 쓰는데, 알파벳 하나가 돌멩이만큼 큼지막했다. 한 장 가득 써도, 그러니까 예를 들어, 당나귀라는 뜻의 독일어 ESEL을 네 줄 써도 모두 열여섯 글자밖에 되지 않는 것이다.

안안은 삼십 분이면 숙제를 다 할 수 있었다. 때때로 의자에 앉아 몸을 비비 꼬거나, 책상이나 의자를 발로 차거나, 공책에 자동차 혹은 발이 두 개 달린 강아지를 그리거나 할 때면, 또 갑자기 연필을 가지고 놀고, 비행기를 접고, 숲에서 주워온 밤을 세거나 하면, 또 '딴생각'을 하거나 하면 당연히 시간은 좀더 길어졌다. 하지만 숙제에 쓰는 시간은 거의 삼십 분을 넘기지 않았기 때문에 주 오 일이면 총 백오십 분, 즉 2.5시간이다. 미국 아이들보다는 조금 많지만, 미국 아이들이 오후 세시에 하교 하는 데 반해 안안은 매일 오전 열한시 반이면 수업이 끝난다.

그후에는 내내 노는 시간이었다. 놀고, 놀고, 또 놀고. 매년 타이완에 가기 위해 엄마는 프랑크푸르트에 있는 타이완 영사관을 찾는데, 안안과 페이페이의 비자를 신청하면서, 엄마는 신청서의 직업란에 언제나 또박또박 이렇게 써넣었었다. 놀기. 신청인의 타이완 방문 목적은? 놀기. 만약 신청인의 특기를 묻는 칸이 있었다면 엄마는 분명 또 '놀기'라고 썼을 것이다.

타이완에서는 일곱 살짜리 아이가 매주 여덟 시간씩 숙제를 한다고? 건망증이 있는 엄마는 타이완에서 보낸 어린 시절은 대부분 잊어버렸지만, 자신이 얼마나 숙제를 싫어했는지는 여전히 기억 깊숙이 남아 있다. 숙제 때문에 거짓말을 한 것이 엄마가 처음으로 한 나쁜 일이었다. 엄마는 늘 귀밑까지 빨개져서는 고개를 숙인 채 기어들어가는 목소리로 말하곤 했다.

"숙제를 집에 두고 왔어요."

같은 거짓말을 자꾸 하면 효력을 잃는다는 사실을 그때는 알지 못했다. 왕요우우王友五 선생님은 엄마에게 당장 집으로 가서 숙제를 가져오라고 했고, 엄마는 내내 울면서 집으로 향했다.

집으로 가는 도중에 작은 다리를 건너가는데, 다리 아래로 흐르는 개울물에는 우유빛 오리 몇 마리가 헤엄치고 있었다. 엄마는 생각했다. 다리에서 뛰어내려 물에 빠져 죽으면 숙제할 필요도 없을 텐데. 집으로 돌아온 엄마는 소파 위에 무릎을 꿇고 앉아 기도했다. 하느님께 오늘 하루를 지워달라고 기도했던 것 같다. 선생님이 분필 지우개로 칠판 위의 글씨를 말끔히 지우듯이. 소파 위에서 울다가 잠이 든 엄마는 날이 어두워진 뒤에야 잠에서 깨어났다.

열한시 반, 수업이 모두 끝나면 안안은 걸어서 집으로 돌아왔다. 처음 몇 달간 엄마는 아이의 뒤를 쫓으며 마치 탐정처럼 감시했다. 사거리마다 멈춰서 차가 오는지, 양옆을 살피는지 어떤지, 차도로 가지 않고 인도로 걷는지, 집에 돌아오자마자 숙제를 하는지 어떤지……

"어제 숙제는 생쥐 몇 마리 받았어?"

책상 옆에는 엄마 전용 의자가 놓여 있다.

"한 마리."

안안은 공책을 펼쳤다. 삐뚤삐뚤한 글씨가 적힌 공책 한 귀퉁이에 파란색 생쥐 도장 하나가 찍혀 있었다. 당연히 도장 하나 감이네. 너, 어제 숙제하면서 도널드 덕 지우개 가지고 놀았지? 제발 집중 좀 할 수 없겠니? 한 번에 한 가지 일만 하고, 그 일을 마친 후에 다른 일을 하는 거야. 알겠지? 그렇게 할 수 있겠어? 응? 그 만화 이제 그만 보고 조금 이따가 봐. 너 엄마 말 듣고 있는 거니? 셋 셀 거야. 그때까지 안 치우면……

드디어 안안은 대문짝만한 글자 네 줄을 완성해서 엄마에게 건넨다. 글자들은 알록달록 색깔도 여러 가지다. 힐끗 공책을 본 엄마가 말한다.

"마지막 줄 글자가 영 별로네. 여기 N자는 칸 밖으로 튀어나오기도 했고."

안안의 입이 뾰로통해진다.

"이렇게 하자!"

엄마가 말을 잇는다.

"다른 종이에다 이 줄만 한 번 더 써보면 어때? 그러면 생쥐 세 마리를 받을 수 있을 거야."

안안의 하야말간 얼굴이 벌겋게 달아오르기 시작한다.

엄마가 서랍에서 종이를 한 장 꺼낸다.

"자, 선은 엄마가 그려줄게. 간단해. 한 줄만 쓰면 되니까……"

"왜?"

더이상 참지 못한 안안이 묻는다. 아이는 화난 얼굴로 엄마를 노려보며 의자에서 미끄러져 내려와 크게 소리친다.

"왜 내가 한 줄 더 써야 해? 엄마는 왜 만날 나한테 잘 써라, 예쁘게 써라, 그래? 나는 아직 아이인데, 어떻게 엄마처럼 그렇게 잘 쓰냐고!"

아이 눈에서 눈물이 펑펑 솟아난다. 아이는 고래고래 소리를 지른다.

"엄마는 만날 나한테 생쥐 두 마리나 세 마리를 받으라고 하면서 이렇게 해라, 저렇게 해라, 하잖아. 가끔은 생쥐 한 마리만 받아도 되잖아. 나한테는 생쥐 한 마리만 받을 권리가 있다고. 생쥐 딱 한 마리만……"

아이의 폭발에 깜짝 놀란 엄마는 한참을 아무 말도 하지 못하고 앉아만 있는다.

두 사람 사이에 침묵이 흐른다.

한참 후, 손에 든 종이를 내려놓은 엄마는 손등으로 안안의 눈물을 닦아준 다음 한숨을 푹 내쉰다.

"그래 좋아. 생쥐 한 마리만 받자. 가서 놀아!"

안안은 묵묵히 자기 물건을 챙겨 책가방에 넣더니 문 쪽으로 걸어간다. 문 앞까지 간 아이가 갑자기 뒤를 돌아보더니 여전히 멍하니 앉아 있는 엄마를 향해 말한다.

"가끔은 나도 생쥐 세 마리 받을 수 있어."

밖으로 나가며 아이는 다시 중얼거린다.

"가끔은."

형과 아우

1

저녁 먹을 시간이 되었는데 안안은 그림자조차 보이지 않는다.

엄마는 한바탕 목청을 높여 부르다가 결국 아이를 찾아나선다. 놀이방에는 여전히 불이 켜져 있고, 바닥에는 장난감이 여기저기 흩어져 있다. 소파의 방석들은 죄다 끌어내려져 이쪽에 한 무더기, 저쪽에 한 무더기 성을 이루고 있다. 안안은 어디에 있는 거지? 방금까지 성 밑으로 들어갔다 나왔다 하고 있었는데……

세 살 동생은 이미 제자리에 앉아 다리를 달랑거리고 있다. 형아, 밥 먹어!

풀밭에는 이미 얼음이 얼기 시작한데다 날도 어두워진 뒤라 마당에 있을 리는 없었다. 얘가 대체 어디에 있는 거지? 엄마는 슬슬 화가 치밀어오르기 시작한다.

침실은 캄캄했다. 불을 켠 순간, 이불 속에 웅크린 채 베개에 얼굴을 묻고 있는 안안이 눈에 띈다. 뒤통수의 머리카락만 이불 밖으로 나와 있다.

어디 아픈가? 엄마는 침대에 앉아 이불을 젖히고 아이를 돌아눕힌다.

안안의 얼굴은 온통 눈물범벅이다. 베개도 흠뻑 젖어 있다.

"왜 그래?"

엄마가 깜짝 놀라 묻는다.

아이는 아무 대답이 없다. 눈물 한 방울이 다시 흘러내린다.

"무슨 일이니, 안안? 어서 말해봐!"

아이는 고집스럽게 고개를 내저을 뿐 아무 말도 하지 않는다.

그제야 엄마는 깨닫는다. 지금 필요한 건 말이 아니다. 엄마는 가만히 아이를 껴안아준다. 마치 갓난아기를 품에 안듯 엄마는 안안을 꼭 끌어안는다. 안안이 엄마 어깨에 머리를 기대고 엄마 가슴에 가슴을 맞대어온다. 조용히.

잠시 후, 엄마가 낮은 목소리로 묻는다.

"이제 말할 수 있겠니? 누가 너를 힘들게 한 거야?"

안안은 똑바로 앉더니 눈을 비비며 좀 쑥스럽다는 듯 입을 연다.

"아무것도 아니야! 그냥 방금 엄마가 페이페이를 안아주면서 뽀뽀하고, 계속 쳐다보면서 웃는 걸 보니까…… 엄마가 페이페이를 더 사랑하는 것 같아서……"

엄마는 안안을 흘겨보며 희미하게 미소짓는다.

"지금도 그렇게 생각하니?"

안안은 젖은 눈으로 싱긋 웃어 보인다. 아이는 다시 엄마 목덜미에 머리를 묻으며 엄마를 있는 힘껏 꼭 끌어안는다.

2

엄마는 어느 정도 준비가 되었다고 생각했다.

안안이 네 살이 될 즈음, 엄마 배는 이미 부풀어오를 만큼 부풀어올랐다. 당장이라도 커다란 수박 하나가 뚝 떨어질 것만 같았다. 안안은 그 큰 수박에 귀를 바짝 붙이고는 그 안에서 나는 소리에 귀를 기울였다. 안에 있는 녀석은 수영을 할 줄 알고 조금 바보 같지만 무척 귀엽게 생겼다고 했다. 두 아이는 원래 모두 하늘 위의 아기 천사였는데, 엄마가 여자가 된 걸 축하하기 위해 하느님이 특별히 보낸 선물이라고 했다. 그리고 무엇보다, 안에 있는 그 꼬맹이가 나오는 순간 자신에게도 하늘에서 선물이 내려온다고 안안은 알고 있었다.

엄마 뱃속에서 나온 페이페이는 정말로 형에게 선물을 안겨주었다. 공중제비를 넘으며 신나게 들판을 가로지르는 스포츠카가 그것이었다. 안안은 페이페이가 귀청이 떨어질 듯 시끄럽게 울어대긴 하지만 그래도 약속을 지킬 줄 아는 녀석이라는 생각에 어느 정도 참아주곤 했다.

엄마는 둘째가 태어나는 것에 대해 무서운 이야기를 많이 들었다. 첫째가 베개로 둘째를 질식사시켰다는 이야기, 어른들이 안 볼 때 첫째가 둘째의 팔뚝 여기저기를 시퍼렇게 멍이 들도록 꼬집었다는 이야기, 잠든 둘째를 첫째가 침대에서 밀어버렸다는 이야기, 첫째가 연필로 둘째의 엉덩이를 찔렀다는 이야기, 첫째가 둘째의 코를 꽉 깨물었다는 이야기……

엄마는 페이페이가 자궁에서 가지고 나온 들판을 가로지르는 스포츠카가 부디 첫째 안안의 마음을 달래주었기를, 제발 한순간 나쁜 생각을 품어서 돌이킬 수 없는 잘못을 저지르지 않기를 남몰래 빌었다. 병원에서 집으로 돌아온 뒤 엄마는 다소 걱정스런 마음으로 축하객들의 방문을 기다렸다.

길 건너편에 살고 있는 에리카가 가장 먼저 초인종을 눌렀다. 엄마는 거실 소파에 비스듬히 누워 아기를 품에 안고 우유를 먹이고 있었다. 물론 엄마 몸에서 나오는 모유였다. 에리카의 손에는 선물 두 개가 들려 있었다. 거실에 들어서자마자 에리카가 물었다.

"첫째는?"

책더미 속에서 고개를 든 안안이 선물을 발견하고는 눈을 반짝였다.

에리카는 안안 앞에 쪼그리고 앉아 선물을 건네며 말했다.

"오늘은 새로 태어난 아기를 보러 왔단다. 하지만 안안이 첫째니까 안안이 더 중요하지. 에리카가 너한테 선물을 준 다음 동생을 보러 가려는데, 그래도 될까?"

안안은 흔쾌히 동의하고는 재빠르게 선물을 뜯기 시작했다. 에리카가 엄마 쪽으로 걸어왔다.

"어쩜 그렇게 지혜로우세요?"

엄마는 감격스러웠다. 그런 에리카가 존경스러웠다.

"어머나……"

에리카는 감탄사를 길게 내뱉으며 한없이 부드러운 손길로 갓난아기의 가늘고 여린 머리칼을 어루만졌다.

"정말 중요한 일인걸요! 우리 집 둘째가 태어났을 때 하마터면 첫째가 큰 사고를 칠 뻔했거든요. 베개로 아기를 누르고는 그 위에 올라앉기까지 하더라고요. 꼬집고, 따귀를 때리고, 연필로 찌르고…… 정말 온갖 나쁜 짓은 다 하더라니까요……" 에리카는 목소리를 최대한 낮추어 속삭이며 덧붙였다. "정말 너무너무 예뻐요……"

집으로 돌아가기 전, 에리카는 현관에서 안안에게 입을 맞추며, 부러 엄마를 향해 큰 소리로 외쳤다.

"아무리 그래도 첫째가 더 예쁜 것 같네요. 그렇죠?"

에리카는 아이에게 손을 흔들며 돌아갔다.

그 일 이후 엄마는 알게 되었다. 세상에는 두 종류의 사람이 있다. 먼저 부모이면서 아이를 두 명 이상 키우는 이들이었는데, 이들은 에리카처럼 대부분 아기를 보러 올 때 첫째의 선물까지 하나 더 챙겨왔다. 나머지 한 종류는 부모가 되어보지 않았거나 혹은 아이가 하나밖에 없는 이들로, 이들은 선물을 하나만 가지고 왔다.

그런 이들은 집에 들어서자마자 묻는다.

"Baby는 어디 있어요?"

그들을 위해 문을 열어준, 이제 겨우 키가 어른들 무릎께 정도밖에 안 되는 첫째는, 문 옆 그림자 속에 서 있다.

그들은 성큼성큼 아기 침대로 걸어가서는 고개를 숙인 채 열렬히 찬사를 보낸다.

"이 속눈썹 좀 봐. 어쩜 이렇게 길고 또 이렇게 풍성할까! 와, 머리카락 좀 봐. 태어난 지 얼마 안 됐는데 이렇게 숱이 많네. 너무 가늘고 너무 부드럽다! 어머머, 이 조그만 손 좀 봐! 짧고 통통한 게 진짜 앙증맞아……"

그러면서 입을 내밀고 쪽쪽, 입 맞추는 소리를 내며 귀여워 죽겠다는 표정으로 끊임없이 감탄사를 연발한다.

첫째는 멀리서 그 모습을 바라보고 있다.

손님은 가져온 선물을 열어 보인다.

"하늘색이에요. 가장 좋은 면이죠. Baby의 피부는 여리니까 이런 것을 입혀야…… 어머머, 저도 Baby를 한번 안아보고 싶어요……"

손님이 향긋하고 보드라운 아기를 안고 왔다 갔다 하며 자장가를 흥얼거리기 시작한다. 눈을 가늘게 뜨고는 한껏 감정에 도취된 얼굴이다.

첫째는 멀찌감치 떨어진 계단에 앉아 손으로 턱을 괸 채 그쪽을 바라보고 있다.

돌아가기 전까지, 손님은 거실에 다른 아이가 있다는 것을, 자신이 원래 알고 있던 그 아이가 있다는 것을 알아차리지 못한다.

그날 저녁, 이 닦는 시간이었다. 첫째는 작은 의자에 올라서서 세면대 거울에 자기 얼굴을 이리 비춰보고 저리 비춰보고 한다.

"안안, 뭐하니?"

엄마는 호기심 어린 눈빛으로 아이를 쳐다본다.

"엄마."

아이는 거울 속 자신에게서 눈을 떼지 않은 채 묻는다.

"엄마, 내 눈썹은 안 길어?"

아이가 눈을 깜빡인다.

"길지!"

"안 풍성해?"

"풍성해! 왜 그러니?"

"엄마."

아이의 눈이 혼란스러운 듯 거울 속 자신을 쳐다본다.

"내 머리카락은 안 부드러워? 내 손은, 엄마, 내 손은 안 귀여워……?"

엄마는 손에서 빗을 내려놓고 아이를 품에 끌어안는다. 가슴 한켠
이 저며온다.

3

향긋하고 보드라운 아기는 점점 자라서 하얗고 포동포동한 곱슬머
리 꼬마가 되었다. 곱슬머리 아래 동그랗고 커다란 눈은 새로운 세상
을 마주할 때마다 미소지었다. 이 아이를 바라볼 때마다 엄마는 자신
이 커다란 자석에 달라붙는 느낌이 들었다. 어떻게 해도 그 엄청난 매
력에서 헤어나올 수가 없었다. 엄마는 뭔가에 홀린 듯 자꾸만 아이에
게 입을 맞추고 싶었다. 아이의 조그만 옷을 입힐 때, 시리얼을 먹일
때, 목욕을 시킬 때, 손을 잡고 걸음마를 가르칠 때, 시도 때도 없이 마
구 뽀뽀를 해댔다. 아이의 머리칼에, 뺨에, 목에, 어깨에, 배에, 엉덩이
에, 다리에, 발가락에…… 아무 때나, 아무 곳에서나, 자신이 누구인지
조차 잊은 채 그 포동포동한 곱슬머리 꼬마에게 입을 맞추었다.

반면, 첫째는 점점 골칫덩어리가 되어갔다.

이를 닦자고 하면 안 닦겠다고 고집을 부렸다. 엄마는 처음엔 구슬
리고, 그다음엔 설득하고, 그후엔 빽 소리를 지르고, 또 "하나, 둘, 셋"
협박을 하고, 결국 머리빗을 들고 아이를 때렸다. 아이는 훌쩍훌쩍 울
면서 작은 의자에 올라가 이를 닦았다.

밥을 먹자고 하면 또 안 먹겠다고 버텼다.

"안 먹어."

아이는 양쪽 팔꿈치를 감싸쥐고 '쿨'하게 턱을 치켜올린 채 단호한

의지를 내비쳤다.

"왜?"

"배 안 고프니까."

"배가 안 고파도 먹어야 하는 거야. 정해진 시간에 정해진 양을 먹는 건 당연한 일이야. 밥 먹는 일에 무슨 설명이 필요하니?"

엄마는 이 여섯 살 아이가 너무 어이가 없다는 생각이 들었다. 그래, 이제 여섯 살이란 말이지!

한쪽에선 두 살짜리 곱슬머리 꼬마가 신나게 시리얼을 먹고 있었다. 후루룩 쩝쩝, 돼지가 밥 먹을 때 내는 소리를 내면서. 한참 만에 고개를 든 아이 얼굴이 온통 끈적끈적한 시리얼범벅이다. 엄마는 그만 피식 웃고 말았다.

"안 먹어."

첫째는 다시 한 번 선언했다.

엄마는 표정을 가다듬고 설득을 시작했다. 그러다가 다시 소리치고, 그러다가 "하나, 둘, 셋" 협박을 하고, 다시 나무숟가락을 들어 아이를 때렸다. 안안은 훌쩍거리며 고개를 푹 숙인 채 밥을 먹었다. 눈물이 주르륵, 접시 위로 떨어졌다.

급격한 피로감이 밀려왔다. 엄마는 화난 목소리로 말했다.

"일어나고, 옷 입고, 이 닦고, 세수하고, 밥 먹고…… 무슨 일이건 젖 먹던 힘까지 다해서 삼십 분은 실랑이를 벌여야 겨우 말을 들으니…… 엄마가 정말 못 살겠다!"

엄마는 이마 위 머리카락을 한 움큼 쥐어 보이며 말했다.

"이거 보이니? 온통 흰머리야. 이게 다 힘들어서 그런 거야. 제발 엄마 생각 좀 해줄 수 없겠니? 엄마가 늙어 죽으면 너는 엄마가 없는 거야······."

첫째는 눈물을 멈추고 계속 고개를 숙이고 있었다.

"형아 바보!"

그 순간 두 살짜리 꼬맹이가 바로 엊그제 배운 말을 내뱉었다. 엄마는 웃음이 터져나오려 했지만 첫째의 찡그린 얼굴을 보며 겨우 웃음을 삼킨다.

"형아는 맞아야 해."

엄마 얼굴에 숨겨진 웃음기를 발견한 꼬맹이는 엄마에게 잘 보이려는 듯 한 마디 더 보탠다. 큰 눈으로 교활한 빛을 반짝이며. 엄마는 더 이상 참지 못하고 큰 소리로 웃고 말았다. 그 순간 첫째가 얼굴이 벌게지더니 접시를 밀어내고 일어나 나가버린다.

당황한 엄마가 다급히 아이를 쫓아나간다.

4

"엄마는 페이페이를 더 사랑하는 것 같아."

안안이 두 손을 주머니에 찌른 채 딱 잘라 말한다.

엄마는 계단참에 앉아 한 손으로 턱을 괸 채 아이를 마주 보고 있다.

"엄마가 페이페이를 더 사랑한다고 생각하는 이유를 한번 말해볼래?"

"페이페이는 이를 안 닦아도 되고, 밥을 안 먹어도 되고, 세수를 안 해도 되고······ 페이페이는 뭐든 되는데, 나는 다 안 되잖아!"

"안안," 엄마는 최대한 부드럽게 말한다. "페이페이는 이제 겨우 두 살이잖니. 너도 두 살 때는 페이페이랑 똑같았어."

첫째아이는 믿을 수 없다는 눈으로 엄마를 쳐다본다.

"나도 두 살 때 그렇게 못됐었어?"

"더 못됐었지."

엄마는 조금은 마음이 풀린 듯한 아이를 끌어당겨 무릎 위에 앉힌다.

"네가 두 살 때 우리 집에는 아이가 너 하나밖에 없었어. 그래서 너는 왕처럼 굴었지. 세상에 무서울 게 하나도 없었단다. 지금 페이페이는 뭐든 너하고 나눠야 하지만 네가 어렸을 때는 아빠와 엄마 그리고 이 세상 모든 것이 전부 네 것이었어. 그러니 그때 네가 지금의 동생보다 훨씬 더 못됐었지."

"아……"

아이는 이해하는 듯했다. 동시에 그 행복했던 시절을 그리워하는 듯도 했다.

"안안, 한번 물어볼까? 엄마가 새 옷은 누구만 사주니?"

언제 다가왔는지 곱슬머리 꼬맹이가 옆에서 무릎을 꿇고 앉아 장난감 자동차를 가지고 놀고 있다. 입으로는 끊임없이 '빵빵' 소리를 내면서.

"나."

"그래! 동생은 네가 입었던 헌 옷만 입잖아. 그렇지?"

첫째는 고개를 끄덕인다. 화는 이미 다 풀렸지만 아이는 엄마 무릎 위에 앉아 잠시 엄마를 독점하는 즐거움을 누리는 중이었다.

"그래, 매주 금요일 오후에 엄마가 누구를 데리고 연극을 보러 가지?"

"나."

"그래, 맞아. 매일 저녁 《서유기》, 《수호전》, 허우원용의 《개구쟁이 이야기頑皮故事》, 샤오야의 《푸른 나무 옆 게으름뱅이綠樹懶人》는 누구에게 읽어주지?"

"나한테."

"겨울에 아빠가 누구를 데리고 알프스에 스키를 타러 가지?"

"나."

"천체망원경으로 달을 볼 수 있는 건 누구지?"

"나."

"안안," 엄마는 아들을 돌려 앉힌다. 네 개의 눈이 마주친다. "여섯 살 아이가 할 수 있는 일이 있고, 두 살 아이가 할 수 있는 일이 있는 거야. 그렇지?"

"응." 아들이 고개를 끄덕인다. "하지만 난 가끔 페이페이가 너무 부러워. 그애랑 똑같이 하고 싶어……"

"그러면……" 엄마는 잠시 생각한 다음 아이에게 묻는다. "너도 기저귀 차고 싶어?"

"응?"

안안은 놀라 펄쩍 뛰며 손가락 두 개로 코를 감싸쥔다. 생각할수록 웃긴 모양이었다.

"싫어, 싫어, 싫어……"

안안은 곱슬머리 꼬맹이 옆에 엎드려 성냥갑만한 경찰차를 밀고 다녔다. 입으로는 '이요이요' 사이렌 소리를 내며, 아이는 동생의 돼지

운반차와 오고 가며 보조를 맞추어주었다.

나란히 있는 두 아이의 머리를 보고 엄마는 문득 깨닫는다. 두 아이의 머리색이 완전히 똑같다는 것을.

5

엄마는 정원을 돌보고 있었다. 튤립과 수선화 구근을 땅에 심었고, 또 봄이 오면 정원에 히아신스 향기가 가득하기를 바랐다. 튤립은 향기는 없지만 그 알록달록한 꽃봉오리가 정말 아름다웠다. 엄지공주는 분명 튤립의 꽃봉오리에서 태어났으리라.

주방을 지나면서 엄마는 잊지 않고 김이 모락모락 오르는 오븐을 곁눈질로 확인했다. 아직 멀었군. 손을 씻는데 페이페이가 곁으로 다가와 엄마를 찾는다. "엄마!" 엄마가 "응", 대답하고 욕실에서 나가려는 순간, 뭔가 잘못되었구나 싶다. 다시 고개를 돌려, 곱슬머리 꼬맹이를 위에서부터 찬찬히 훑어보았다.

순간, 엄마는 머릿속이 하얘진다. 둘째의 스웨터가 죄다 구멍투성이였던 것이다. 크기도 제각각인 삐뚤삐뚤한 구멍들. 가위로 낸 구멍이었다. 바짓단이 가닥가닥 잘린 코르덴바지는, 마치 예전에 히피들이 입고 다니던 청바지 같다. 술처럼 늘어진 조각들은 어떤 건 길고 또 어떤 건 짧다.

둘째는 위아래로 누더기 같은 옷을 걸치고 마치 거지처럼 거기 서 있었다. 활짝 미소짓는 얼굴에는 마침 밥알까지 하나 붙어 있다.

"너, 너, 너……"

엄마는 너무 놀라 숨이 넘어갈 지경이다. 그때 아이 양말에 난 커다란 구멍 몇 개가 눈에 들어온다. 구멍 밖으로 발가락이 튀어나와 있었다.

둘째는 천사처럼 웃으며 말한다.

"형아가 해준 거야!"

목에서부터 야수가 신음하는 듯한 소리를 내며 단숨에 위층으로 뛰어올라간 엄마는 안안의 방문을 거세게 밀어젖힌다. 안안은 방바닥에 앉아 배를 조립하는 중이었다.

"안안!"

엄마가 사납게 소리친다.

"응?"

안안이 고개를 든다.

"페이페이 옷 누가 자른 거야?"

엄마는 커다란 몸으로 문 앞을 막아선 채 양손을 허리에 가져다댄다.

무슨 말인가 하려던 아이가 멈칫하더니 엄마를 힐끗 쳐다보고는 바로 고개를 숙인다. 얼마 후 모기만한 목소리로 아이가 말한다.

"엄마, 미안해."

"미안하다는 말이 무슨 소용이야? 너는 천하만물을 함부로……" 문득, 아이가 알아듣지 못할 것 같다는 생각에 엄마는 다시 속사포처럼 쏘아붙인다. "왜 물건을 망가뜨리는 거야! 지금도 저기 소말리아 아이들은 굶어 죽어가는데, 너는 멀쩡한 옷을 잘라서 죄다 못 쓰게 만들었잖아. 게다가 가위질하다가 누굴 다치게라도 하면 어쩌려고 그래? 너 대체 무슨 생각으로 그런 짓을 한 거야?"

"사실은," 안안이 기어들어가는 목소리로 웅얼거렸다. "처음에는 이 새 가위가 얼마나 잘 드나 시험해보려던 거였는데……"

"그다음에는?"

엄마는 갑자기 웃음이 나오려 한다.

"그다음에는…… 나도 잘 모르겠어…… 나도 모르게 이렇게 구멍을 많이 낸 거야…… 내가 페이페이를 화나게 했어."

아이의 목소리는 이제 거의 들리지 않을 정도다.

"뭐라고?"

엄마는 잘못 들은 건가 싶었다.

"내가 동생을 화나게 했다고."

위아래로 누더기를 걸친 둘째가 엄마 다리 밑으로 파고들어오더니 첫째 옆으로 가 앉았다.

"손 이리 내."

엄마가 말하자, 첫째는 얼른 손을 뒤로 감추며 연거푸 외친다.

"때리지 마, 때리지 마……"

갑자기 둘째가 두 손으로 형의 머리를 감싸안아 막으며 소리친다.

"때리지 마, 때리지 마, 때리지 마……"

형제는 서로 굳게 의지하며 한 덩어리로 뭉쳤다. 잠시 후 아이들이 고개를 들었을 때, 엄마는 이미 그곳에 없다.

집안 가득 케이크 냄새가 진동하고 있었다.

가오완高玩

　　방 안으로 들어간 안안과 포르테가 한참 동안 조용하다. 너무 오래 그렇게 조용하자 뭔가 이상한 느낌이 든다.

　　엄마가 아이들 방 문을 두드린다.

　　"잠깐, 잠깐만."

　　부스럭 부스럭, 안에서 한바탕 난리가 난 것이 분명했다.

　　드디어 문이 열리자, 안안은 한 손으로 허리띠를 졸라매고 있고, 포르테는 바지를 완전히 뒤집어 입고 있다.

　　두 아이의 멋쩍은 표정을 보자 엄마는 호기심이 발동한다.

　　"너희들 뭐하고 있었어?"

　　"아무것도 안 했어!" 안안이 벨트를 매면서 대답한다. "우리는 단지……"

　　"응?"

　　"우리는 단지……" 안안은 잠시 멈칫한다. 엄마에게 솔직히 말해도 될지 고민하는 듯하다. "우리는 단지 우리 고추에 대해 연구하고 있었어."

　　"어머……!"

　　웃음이 터져나왔지만, 엄마는 큰 소리로 웃지는 못하고 조심스레 묻는다.

"그래서, 연구 결과는 어때?"

엄마가 흥미를 보이자, 흥분한 안안이 포르테를 확 잡아당긴다.

"엄마, 그거 알아? 내 고추는 다른 애들하고 달라. 포르테, 너 바지 좀 벗어봐. 내 고추는 통통하고 둥글둥글한데, 다른 애들 거는 가늘고 뾰족해. 포르테, 어서! 우리 엄마한테 네 고추 좀 보여줘봐……"

두 사내아이는 허둥지둥 바지를 끌어내렸다. 엄마는 보지 않을 수가 없었다. 가만 보니, 정말 안안의 고추는 통통하고 동그란데 포르테의 것은 가늘고 뾰족했다.

"그거 알아? 엄마, 내가 친구들하고 오줌 싸기 시합을 하면, 그애들 오줌은 길게 하나로 나가는데, 내 오줌은 목욕할 때 쓰는 거 있잖아, 그거……"

"샤워기?"

"응. 샤워기처럼 사방으로 흩어져."

"그건 네 고추는 수술을 받았기 때문이야. 안안, 너 기억나니?"

엄마는 허리를 굽혀 아이가 바지 입는 걸 도와준다.

"나도 알아. 예전에는 구멍이 엄청 작았는데 의사 선생님이 구멍을 크게 만들어줘서 지금은 샤워기처럼 된 거잖아. 포르테, 알겠어?"

엄마는 쿵쿵 아래로 내려갔다. 일곱 살 안안은 자신과 포르테의 고추는 조사했지만, 아직 포르테의 여동생까지는 살펴보지 않은 것 같았다. 올해 네 살인 포르테의 여동생 '꼬마배추'는 세 살 반인 페이페이의 여자친구였다. 페이페이는 의외로 관찰력이 대단했다. 며칠 전 꼬마배추와 함께 목욕을 하던 페이페이가 아주 신중한 목소리로 결론을 내렸다.

"엄마, 꼬마배추는 고추가 없어."

엄마는 변기 뚜껑을 내리고 그 위에 앉아 책을 보고 있는 중이었다. 아이들이 목욕을 할 때면 엄마는 늘 변기 뚜껑에 앉아 책을 보곤 했다.

"엄마도 고추가 없어."

페이페이는 한 마디 더 하고는 욕조 안의 꼬마배추에게 그 말을 통역해주었다.

"Patricia, meine Mami hat auch kein Penis."

얼굴이 거품범벅인 꼬마배추가 고개를 끄덕였다. 페이페이의 말을 알아듣는 표정이었다.

엄마는 타이완에 살고 있는 페이페이의 꼬마 사촌누나 두두嘟嘟가 떠올랐다. 페이페이와 생일이 며칠밖에 차이나지 않는 두두는 욕조 안에서 페이페이의 고추를 보더니 물이 묻은 채 욕조 밖으로 기어나가 자기 엄마에게 뛰어갔다. 그러고는 대체 무슨 말인지 알아들을 수 없을 정도로 마구 화를 내며 소리쳤다.

"엄마, 페이페이하고 두두는 나이가 똑같은데, 왜 페이페이는 벌써 고추가 났는데 나는 아직 안 났어?"

생리학과 관련된 페이페이의 지식들은 모두 욕조 안에서 시작되었다. 페이페이가 더 어렸을 때, 엄마와 함께 욕조 속에 들어가 있던 아이가 갑자기 엄마의 왼쪽 가슴을 뚫어져라 쳐다보았다.

"엄마, 이게 뭐야?"

엄마가 대답했다.

"이건 나이나이奶奶*야."

엄마의 말에 아이가 키득키득 웃더니 손을 뻗어 엄마의 오른쪽 가슴을 만졌다.

"그러면, 이건 예예爺爺**겠네!"

엄마가 어안이 벙벙해 있는 동안 페이페이는 어느새 머리를 숙이고 제 몸을 탐색하기 시작하더니, 혼잣말로 중얼거렸다.

"페이페이도 나이나이와 예예가 있네. 음, 근데 작아."

두 살 페이페이에게 이 세계는 그야말로 놀라움의 연속이었다. 어느 날 페이페이는, 엄마가 샤워하기 전 속옷에서 생리대를 떼내는 걸 보았다.

"엄마," 아이는 통통한 다리로 걸어오더니 유심히 살펴보며 말했다. "엄마, 엄마도 기저귀 차?"

"하하하하……"

옆에서 옷을 입고 있던 안안이 크게 소리내어 웃었다.

"페이페이, 그건 기저귀가 아니야. 그건 생리대라는 거야. 봐봐, 위에 피가 있잖아……"

"피가 있어……"

페이페이는 경외심이 가득한 목소리로 가만가만 물었다.

"엄마 피 났어?"

"아니야, 페이페이. 아파서 피가 나는 게 아니야!"

생리학계의 권위자 형은 참을성 있게 설명한다.

* 중국어로 '젖가슴' 혹은 '할머니'라는 뜻.
** 중국어로 '할아버지'라는 뜻.

146

"엄마 배 안에는 난자라는 게 있어. 난자는 알인데……"

"알인데……"

"난자가 나오면 피가 나고……"

"피가 나고……"

"한 달에 한 번……"

"한 번……"

"엄마!"

안안은 갑자기 무슨 생각이 났는지 쏟아지는 물소리 사이로 목청을 높였다.

"남자는 알이 있어, 없어?"

"없어……!" 엄마는 물이 쏟아지는 샤워기 밑에서 큰 소리로 대답 해주었다. "남자는 정자가 있잖아. 책에서 보지 않았어? 정자가 난자 를 만나서 너랑 페이페이가 된 거고……"

"근데, 나도 알이 있어!"

"뭐라고? 잘 안 들려!"

"내 말은, 엄마."

안안은 샤워부스의 반투명한 유리 가까이 다가와서는 다시 큰 소리 로 말했다.

"나도 알이 있다고! 두 개. 고추 밑에."

"아!" 엄마는 물을 잠그고 샤워부스 문을 열고 나왔다. "수건 좀 줄 래, 안안?"

"페이페이가 줄래, 페이페이가 줄래!"

꼬맹이가 선수를 쳤다.

"그건 가오완睾丸, 고환이라는 거야, 안안."

"가오완高玩?" 안안은 잠시 생각하더니 슬리퍼를 주워들고 욕실 밖으로 나가며 중얼거렸다. "가오완 가오완 가오완……"

하굣길

안안이 초등학교에 다니기 시작한 지 반년쯤 지나자, 엄마가 자전거로 데리러 가지 않아도 되지 않을까 하는 생각이 든다. 아이 혼자서도 집에 올 수 있지 않을까. 학교에서 집까지 십오 분밖에 안 걸리는데다 모퉁이만 세 개 돌면 되는 길이었다.

십오 분이 지나고, 다시 십오 분이 지난다. 엄마는 슬슬 불안해지기 시작한다. 수업이 끝나고도 사십오 분이 지난 뒤, 마침내 엄마는 마이클에게 전화를 건다. 스리랑카인과 독일인 혼혈인 마이클은 안안과 친한 친구였다.

"마이클, 안안이 아직 집에 오지 않았는데, 혹시 어디에 있는지 아니?"

"교실에서 같이 나왔는데. 제가 먼저 집에 도착해서 안안은 크리스랑 계속 걸어갔어요."

마이클이 나긋나긋한 목소리로 대답한다.

엄마는 곧장 다시 전화를 건다.

"크리스, 벌써 집에 왔어? 안안은?"

"함께 걸어 왔어요. 제가 먼저 도착해서 안안은 스테판이랑 갔고요."

시계를 보니 그사이 벌써 한 시간이나 지나 있다. 표정이 굳어진 엄마는 전화기를 다시 집어든다.

"스테판, 너도 집에 왔어? 안안은?"

"모르겠는데요."

통통하게 살이 오른 스테판은 뭔가 먹고 있는지 발음이 분명하지가 않다.

"제가 먼저 집에 와서 안안은 혼자 갔어요."

한 시간 십 분 뒤, 엄마는 자동차 열쇠를 집어든다. 막 나가려는 찰나, 초인종이 울린다. 안안이 고개를 들어 엄마의 화난 얼굴을 보더니 깜짝 놀라며 묻는다.

"왜 그래?"

"왜 그러냐고?" 엄마는 기가 막힌다. "왜 그래? 어떻게 그렇게 물을 수 있니! 이쪽으로 와서 좀 앉아봐!"

안안은 등에 맨 가방을 내려놓고 입이 삐죽 나와서는 엄마가 가리킨 소파 모서리에 앉는다. 축구화는 온통 진흙투성이에, 바지 무릎은 먼지범벅인데다가 손톱 밑에는 까맣게 때가 끼어 있다.

"도대체 어디 갔다 온 거야?"

심문이 시작된다.

"아무 데도 안 갔어!"

안안이 눈을 크게 뜬다.

"십오 분이면 되는 길을 너는 한 시간 십 분이나 걸렸어. 대체 어디서 뭘 하다 온 거야?"

"정말 아무것도 안 했다니까!" 안안은 점점 화가 치밀어오르는지 씩씩거리며 말을 쏟아낸다. "마이클이랑 크리스랑 스테판이랑 같이 걸어서, 그냥 그렇게 걸어서 집에 왔어. 아무 데도 안 갔고 아무 짓도 안 했다고!"

안안은 벌컥 화를 내며 자리에서 일어났다.

엄마는 조금쯤 기세가 꺾인다. 아이가 거짓말을 하는 것 같진 않다. 그런데 대체 왜 십오 분이면 오는 길을 칠십 분이나 걸린 거지?

"안안, 엄마는 걱정이 되어서 그러는 거야. 혹시 차 사고라도 난 건 아닐까, 나쁜 사람에게 유괴를 당한 건 아닐까…… 네가 늦게 오면 엄마는 무서워져. 무슨 말인지 알겠니?"

아이가 고개를 끄덕인다.

"나도 알아. 하지만 정말 아무 데도 안 갔어."

"알았어. 이제 손 씻고 밥 먹자!"

그후로도 엄마는 바짝 긴장해서는 전화로 아이의 행적을 추적하고 또 추적하는 일을 수차례 반복해야 했다. 한참을 그렇게 사라졌다가 안안은 역시 아무렇지 않은 얼굴로 문 앞에 나타나곤 했다. 한번은 보통때보다 훨씬 늦도록 아이가 돌아오지 않았다. 수업이 끝나고도 한 시간 반이나 지난 시각이었다. 화가 머리끝까지 난 엄마가 문을 열자, 얼굴이 온통 땀범벅이 된 안안이 몸을 비스듬히 기울인 채 서 있었다.

"엄마, 도와줘! 빨리!"

아이가 소리쳤다.

아이는 한 손에 뭔가를 들고 있었는데, 몹시 무거운지 그 무게에 몸조차 제대로 펴지 못하고 있었다. 엄마가 아이 손에 든 걸 받아들고 살펴보니, 무슨 기계 같은 데서 나온 커다란 나사였다. 쇠로 만든 나사는 온통 녹이 슬어 엉망진창이었다. 꽤 묵직한 게 적어도 십 킬로그램은

되는 듯했다.

엄마는 잠시 화를 내를 것도 잊은 채 멍하니 아이를 바라보았다.

"너, 너, 너 이거 어디서 가져온 거야?"

안안은 소매로 땀을 닦았다. 더운 날씨에 힘이 들었는지 아이의 두 뺨은 벌겋게 달아올라 있었는데, 그래도 엄마가 물어봐주는 게 기쁜지 아이는 의기양양하게 외쳤다.

"학교 옆에 공사장이 있는데, 거기서 주워왔어!"

말을 마친 아이가 제 어깨를 툭툭 쳤다.

"너……" 엄마는 바닥에 내려놓은 커다란 고철을 바라보며 믿을 수 없다는 듯 물었다. "거기에서부터 이걸 들고 온 거야?"

"응!" 안안은 그대로 쪼그려 앉더니 두 손으로 힘껏 고철을 안아올리며 대답했다. "나 혼자서! 중간에 여러 번 쉬긴 했지만."

고철을 안은 채 집 안으로 걸음을 옮기려던 아이는 곧장 엄마에게 제지당하고 만다.

"잠깐만! 너 지금 뭐하려는 거야?"

"안으로 가지고 들어가서 잘 두려고!"

안안은 이해할 수 없다는 표정이었다.

엄마는 고개를 가로저었다.

"안 돼! 마당 소나무 아래 두도록 해. 집 안으로 가지고 들어오는 건 안 돼."

안안은 신이 나서 정원 쪽으로 걸음을 옮겼다. 조그만 몸을 웅크리고 십 킬로그램짜리 고철을 껴안은 채.

엄마는 모퉁이 세 개를 돌아 십오 분이면 오는 그 길을, 아이가 어떻게 돌아오는지 직접 확인해보기로 했다.

열한시 반, 종이 울리자, 아이들이 하늘 가득한 참새떼처럼 쏟아져 나왔다. 재잘재잘 떠드는 소리가 마치 물이 펄펄 끓는 것만 같았다. 아이들은 사방으로, 제멋대로 내달리고 뛰어올랐다. 벤치에 앉아 있던 엄마는 간신히 안안을 찾아냈다. 안안의 패거리도 함께 있었다.

사내아이 넷은—안안은 여자애들과는 놀지 않았다—앞으로 나아갔다. 엄마는 얼마쯤 거리를 두고 아이들 뒤를 쫓았다. 낮은 담장이 나오자 사내아이들은 한 사람씩 줄을 지어 담장 위로 기어올라갔다. 아슬아슬하게 몇 걸음 내딛다 뛰어내리고, 다시 기어올라가 몇 걸음 내딛다 뛰어내리고…… 열한시 사십오분이었다.

어느 집 정원 깊숙한 안쪽에 달린 철문 앞을 지날 때였다. 안에서 셰퍼드가 위협적으로 짖어대는 소리가 들려왔다. 마이클은 이미 모퉁이를 돌아 집에 도착한 뒤였고, 지금은 세 아이만 남아 있었다. 사내아이 셋은 살금살금 철문 쪽으로 다가갔다. 철문 앞에 도착하자 셰퍼드가 덤벼들었다. 아이들은 비명을 지르며 도망을 쳤다. 아이들의 비명소리에는 극도의 흥분과 미친 듯한 기쁨이 뒤섞여 있었다. 셰퍼드가 조용해지자 사내아이들은 다시 살금살금 철문 가까이 다가갔고…… 다시 미친 듯 소리를 지르며 달아났다. 엄마는 손목을 보았다. 열두시 정각이었다.

크리스가 모퉁이를 돌아 집에 가고 나자, 남은 아이들은 이미 반리_{板栗} 거리에 서 있었다. 안안과 스테판은 갑자기 바닥에 엎드리다시피 해서는 어깨를 나란히 하고 머리를 한데 모으고는 뭔가를 들여다보았다. 무릎을 꿇고 바닥에 엎드리자, 정사각형의 책가방이 등 위로 툭 튀어나와, 마치 거북이가 등껍질을 짊어지고 있는 모습 같았다.

아이들이 들여다보고 있는 것은 검은 개미 한 마리였다. 개미는 작고 가는 다리로 금빛 머리에 초록 눈을 한 죽은 파리를 끌고 가려 안간힘을 쓰고 있었다. 죽은 파리는 개미보다 적어도 스무 배는 컸기 때문에 개미는 무척 힘겨워 보였다.

엄마는 기다리느라 조금 지친 기분이었다. 어느새 열두시 십오분이었다.

스테판이 모퉁이를 돌아 집으로 들어갔다. 안녕 안녕, 내일 오후에 너희 집에 놀러 갈게.

안안은 이제 터덜터덜 혼자 걸었다. 등에는 알록달록한 책가방을 메고 양손은 바지 주머니에 찌른 채, 말도 안 되는 멜로디를 흥얼거리면서.

거의 다 왔군! 엄마는 생각했다. 이제 한 번만 더 모퉁이를 돌면 집이 있는 마이허麦河 거리였다.

그러나 안안은 가던 걸음을 멈추었다. 저 멀리 아름다운 광경을 목격한 것이다. 공사장이었다. 아이는 달려갔다.

Oh, My God! 엄마는 가슴이 쿵, 내려앉는 듯했다. 공사장은 그야말로 난장판이었다. 널빤지, 페인트 통, 쇠못, 빗자루, 솔, 플라스틱…… 이것저것 들춰보고 발로 차면서 열심히 보물을 찾아 헤매던 아이는 무언가에 마음을 빼앗긴 듯했다. 그건 이 미터쯤 되는 널빤지였다. 아이는 널빤지의 가운뎃부분을 들고 다시 길을 나섰다.

열두 시 이십오분.

집에서 세 집 정도 못 미쳐, 밀러 아줌마네 집이 있었다. 안안은 그 앞에 또 멈춰 서더니, 커다란 소나무 아래로 가서는 고개를 들어 위를 올려다보았다. 아이가 무엇을 기다리고 있는지, 이번에는 엄마도 알 수 있었다. 소나무 위에는 붉은 털의 다람쥐 두 마리가 살고 있었다. 녀석들은 언제나 나뭇가지를 왔다 갔다 하며 서로 쫓아다니곤 했는 데, 때론 꼼짝 않고 나뭇가지에 붙어 서서 동그란 눈을 반짝이며 오고 가는 사람들을 구경하기도 했다.

지금, 다람쥐 두 마리는 나뭇가지에 붙어 서서, 그리고 안안은 낮은 울타리 밖에 서서 고개를 들어올리고, 투명하게 빛나는 동그란 눈으 로 서로를 바라보고 있었다. 심장 뛰는 소리가 서로에게 들릴 만큼 주 변은 고요했다.

수업이 끝나고도 한 시간 오 분이 지나서야, 일곱 살 반 안안은 집 앞에 도착했다. 아이는 이 미터짜리 널빤지를 땅에 내려놓고 초인종 을 눌렀다.

아무 일도 없었다

1

봄이 온 걸 어떻게 알 수 있을까?

엄마는 아직 자고 있었다. 잠결에 유치원생 아이들 몇백 명이 창밖에 모여 힘껏 고함이라도 지르는 듯 소란스러운 소리가 들렸다. 잠이 덜 깬 게슴츠레한 눈으로 시계를 쳐다보니, 네시 반, 아직 어둠이 채 가시지 않은 시각이었다. 엄마는 몸을 뒤척이다가 다시 이불 속 깊이 파고들었다. 어둠 속에서, 엄마는 귀를 쫑긋 세웠다. 창밖에서 떠들어대는 건 헤아릴 수 없을 만큼 많은 새들이었다. 봄이 더이상 참지 못하고 내는 소리였다.

하루하루 지날수록 하늘은 더 빨리 밝아왔고, 또 갈수록 더 늦게 어두워졌다. 티 없이 맑고 찬란한 푸른 하늘에는 커다란 새 한 마리가 자주 스쳐 지나갔는데, 그 새는 지붕 한 귀퉁이에 내려앉아 잠시 휴식을 취한 뒤 푸드덕 푸드덕 날갯짓을 하면서 다시 날아가곤 했다. 새의 날갯짓 소리가 서재까지 들려오면, 엄마는 하던 일을 잠시 멈추고 창밖으로 몸을 내밀어 그 새가 날아가는 모습을 눈을 크게 뜨고 지켜보곤 했다.

그 새는 검은색이었는데, 날개를 펼치면 새하얀 배가 드러났다. 그 새는 그렇게 흑백으로 한데 어우러져 푸른 하늘을 가로질러 날아갔다. 아……! 엄마는 감탄하며 지켜보다가 무언가를 발견했다. 그 새의 부리에 기다랗고 가는 나뭇가지가 물려 있었다. 아, 둥지를 짓는 계절이 왔구나!

"잉타이應台!"

앞집 로사 씨가 엄마를 부른다.

"Elster의 둥지가 당신네 집 소나무 위에 있는 것 같아요! 그거 없애야 하지 않을까요?"

"Elster?" 엄마는 기뻐하며 묻는다. "그 긴 꼬리를 가진 크고 예쁜 새가 까치인가봐요?"

"예쁘다고요?" 로사 씨는 하얗게 센 머리를 절레절레 흔든다. 엄마의 무지에 어이가 없다는 듯한 표정이다. "정말 나쁜 녀석이에요! 저는 노래할 줄도 모르면서 일부러 노래를 잘하는 작은 새들만 골라 못된 짓을 하거든요. 몰랐어요? 아름다운 목소리를 지닌 작은 새둥지만 골라 망가뜨려요. 까치가 많아질수록 예쁜 목소리를 지닌 새들은 적어져요."

자전거를 밀고 들어오던 안안도 한몫 거든다.

"엄마, 그리고 까치는 도둑이야!"

"까치가 어떻게 훔치는데? 뭘 훔치는데?"

사내아이는 자전가를 세운 뒤 땀을 닦으며 대답한다.

"그 새는, 엄마가 발코니에 귀고리 같은 걸 올려놓으면 분명 그걸 물고 가서 제 둥지 안에 숨길걸!"

엄마는 그만 크게 소리내어 웃고 말았다. 세상에 그런 새가 다 있나? 새가 귀고리를 가져가 뭘 한다고.

로사 씨가 돌아간 뒤 안안이 말한다.

"내 발코니에 새둥지가 있어."

"뭐라고?"

그러고 보니, 그 발코니에는 볕이 특히 잘 들어서 지난번엔 벌집도 세 개나 발견했는데, 이번에 또 뭔가 생겼구나.

"창문 위쪽에 새둥지가 있는데, 거기 알이 세 개나 들어 있어. 하얀 색 알이야."

세 모자는 살금살금 발코니로 다가갔다. 페이페이의 표정이 지금 눈앞에 중대한 사건을 앞두고 있음을 말해주고 있었다. 안안은 더 신중했다. 잘난 척하는 것처럼 보이고 싶지 않은 듯했다. 엄마는 의자 위에 올라가 목을 길게 뺐다. 잡초와 잔가지들을 엮어 만든 둥근 바구니는 매우 정갈한 새둥지였다. 그런데 그 안에 정말 뭐가 들어 있을까?

"엄마 나도 볼래!"

페이페이가 엄마 치맛자락을 잡아당겼다.

"쉿……!"

좀더 가까이 다가가던 엄마가 어느 순간 전기에 감전되기라도 한 듯, 소스라치게 놀란다. 엄마의 눈이 어미새의 눈과 마주친 것이다. 듬성듬성 난 보드라운 잔털 아래 까맣게 반짝이는 동그란 눈 두 개. 어미새는 꼼짝도 하지 않고 눈을 부릅뜬 채 놀란 엄마를 노려보고 있었다.

엄마는 어찌할 바를 몰랐다. 자신이 너무 무례하다는 생각이 들었다. 고요한 산방産房에 뛰어 든 거친 사내처럼.

"엄마 나도 볼 거야……"

기다리다 못한 페이페이가 소란을 피웠다.

엄마는 페이페이를 조심조심 안아올렸다. 최대한 소리를 내지 않으면서.

"어미새네."

한 손으로 엄마의 목을 꼭 껴안은 채, 페이페이가 엄마 귀에다 대고 속삭였다.

세 사람은 가만가만 발코니를 나왔다. 문을 닫을 때 안안이 한껏 거드름을 피우며 말한다.

"페이페이, 우리 이젠 발코니에서 놀면 안 돼. 새들을 방해할 수 있으니까. 알았지?"

페이페이는 존경 어린 눈빛으로 고개를 끄덕였다.

"새들을 방해할 수 있으니까."

"그런데 무슨 새인지 모르겠네……" 엄마가 아래층으로 내려가면서 혼잣말을 하는데, 안안이 뒤이어 말한다.

"까치나 두견새가 와서 훼방을 놓으면, 정말 큰일인데."

"어? 두견새가 왜?"

엄마가 묻는다.

두견새는 피를 토하듯 운다. 얼마나 애잔하고 아름다운 새인가. 또 얼마나 시적 정취가 넘치는 이름인가.

"두견새?" 안안이 씩씩대며 대답한다. "엄마 몰랐어? 두견새가 얼마나 나쁜 새인데. 저는 게을러서 둥지도 짓지 않으면서 남의 둥지에 몰래 알을 낳는단 말이야. 원래 있던 알은 버려 버리고. 이게 나빠 안 나빠?"

엄마는 불의에 분개하는 아이를 힐끗 쳐다보며 속으로 웃는다. 학교에 들어가서 글자를 알게 되면서부터 아이는 엄마에게서만 배우던 예전과 달라졌다.

"그리고 엄마," 안안은 엄마 무릎 위에 올라앉으며 덧붙인다. "원래 둥지 주인은 자기 알이 몰래 바뀌었다는 것을 모르고, 그 알에 앉아……"

"푸孵, 품는 거야." 엄마가 끼어든다. "그럴 땐 '앉는다'고 말하지 않고 푸孵, 품는다고 하는 거야."

"푸夫? 어미새는 알을 푸夫하고, 푸夫해서 아기새가 알에서 나오면…… 그거 알아, 엄마? 두견새 새끼는 태어나자마자 나쁜 짓을 해. 알에서 나오자마자 다른 baby새를……" 안안은 몹시 화가 나는지 벌떡 일어나 손을 뻗어 미는 동작을 해 보인다. "다른 아기새들을 밖으로 밀어내서 떨어뜨려 죽여!"

"떨어뜨려 죽여!

페이페이가 심각한 표정으로 따라 한다.

"그리고 엄마, 그거 알아?" 안안 표정이 다소 누그러진다. "그런데 요즘 어미새들은 모두 알고 있어. 두견새의…… 두견새의…… 뭐더라?"

"구이지詭計, 계략 말이야?"

"응, 구이지鬼計. 다들 두견새의 구이지鬼計를 이미 알고 조심하고 있어."

"뭐야!"

엄마는 아이를 보며 그만 웃음을 터뜨린다. 이게 무슨 동물 진화론

이란 말인가! 새들이 연합 전선이라도 형성했다는 말인가?

"진짜야, 엄마!"

안안이 말한다.

"진짜야, 엄마!"

페이페이도 따라 한다.

정원에 토마토를 심던 엄마는 무심코 고개를 들어 소나무 꼭대기를 올려다본다. 소나무의 짙푸른 바늘잎 사이로 누런 보리 빛깔의 솔방울이 가득 매달려 있다. 까치둥지는 보이지 않는다. 솔방울이 햇살에 밝게 빛나, 마치 크리스마스트리에 달린 반짝이는 금빛 종 같아 보인다.

"엄마!" 안안이 양손에 흙을 움켜쥔 채 말한다. "우리 까치둥지 안 허물어? 까치는 두견새하고 똑같이 나빠."

"똑같이 나빠."

페이페이도 고개를 숙이고 열 손가락으로 흙을 파내면서 말한다.

"그럴 필요 없어!"

엄마는 토마토와 오이 모종을 둘로 나누어 한 무더기는 안안에게, 또 한 무더기는 페이페이에게 주어 아이들이 직접 심게 한다. 아이들이 직접 심은 나무에는 각자 책임지고 물을 주어야 했다. 해질 무렵이 물을 주는 시간이었다. 물뿌리개도 안안의 것과 페이페이의 것이 따로 있었다.

"왜 엄마? 왜 나쁜 새의 둥지를 허물지 않아?"

엄마는 나무들에 물을 주면서 잠시 생각한 뒤 대답한다.

"왜냐하면, 개네들은 새고 우리는 인간이니까. 인간들이 말하는 좋고 나쁨이 꼭 새들의 좋고 나쁨은 아닐지도 모르잖아. 그러니까 새들 일은 새들이 알아서 하게 두자꾸나!"

"지렁이…… 엄마…… 지렁이!"

페이페이가 크게 소리친다.

2

비는 흙을 부드럽게 만들고, 흙 속 지렁이들을 헤집어놓는다.

먹구름 사이로 몇 줄기의 햇살이 내리비친다. 엄마와 아이들은 초원 가운데 폭이 이 미터도 안 되는 좁은 오솔길을 걷고 있다. 멀리서 보면, 그들의 그림자는 빛줄기 사이를 왔다 갔다 하는 듯, 또 빛줄기 사이를 가볍게 흘러가는 듯도 하다.

흙을 헤집고 나온 지렁이들이 여기저기 산책하는 이들 눈에 띄었다. 오솔길은 방향감각을 상실한 지렁이들로 가득했다. 흙 속에서 나온 지렁이들은 여기저기 기어다니다 오솔길의 아스팔트 위까지 기어올라왔다. 딱딱한 바닥이 익숙지 않아, 녀석들은 저희들이 어디서 왔는지, 또 어디로 가야 하는지 잊어버린 모양이었다. 그렇게 오솔길에서 머뭇거리고 있던 지렁이들은 지나가는 자전거 바퀴나 누군가의 발밑에 깔리곤 했다.

안안과 페이페이는 가느다란 나뭇가지를 들고 있다가, 몸을 굽혀 조심스럽게 지렁이의 부드러운 몸을 들어올려서는, 길옆으로 힘껏 던졌다. 지렁이는 오솔길 옆 풀숲으로 떨어졌다.

한 마리, 한 마리, 한 마리, 또 한 마리…… 엄마! 아이들 목소리가 초원 저 멀리까지 퍼져나간다. 유독 맑고 낭랑한 목소리다.

먹구름이 걷히자 오솔길이 눈부시게 환해진다. 엄마는 손을 들어 눈을 살짝 가린다.

3

"엄마, 엄마, 엄마, 엄마!"

아이들이 엄마 서재 문을 두드린다. 아이들 목소리는 점점 더 다급해진다.

"왜?"

엄마는 문을 빠끔 열고 험악한 표정을 지어 보인다.

"무슨 일이 생기면 키티에게 말하고 엄마는 방해하지 말라고 하지 않았니?"

"미안해, 엄마."

안안은 매우 예의 바르면서도 동시에 모든 책임을 감수하겠다는 결기 어린 표정을 하고 있다.

"정원에 작은 쥐가 한 마리 있어……"

"Eine Maus!"

포르테가 맞장구를 쳤다. 포르테는 안안보다 머리 반만큼 키가 작다.

"Eine kleine Maus!"

페이페이의 여자친구 꼬마배추도 열을 올린다. 꼬마배추는 제 오빠 포르테보다 머리 반만큼 작다.

"쥐 한 마리……"

페이페이가 아무 생각이 없는 듯 웃어 보인다. 페이페이는 네 살 반

꼬마배추보다 역시 머리 반만큼 작다.

엄마는 여전히 손가락 사이에 펜을 낀 채, 문을 이 인치 정도 더 닫으며 퉁명스럽게 묻는다.

"쥐가 너희들을 잡아먹기라도 하니?"

"아니!" 안안이 대답한다. "쥐가 쓰레기통에 끼어서 움직이지를 못해…… 얼마나 불쌍하다고!"

"Arme Maus!"

포르테가 말한다.

"Arme Maus!"

꼬마배추가 말한다.

"얼마나 불쌍하다고!"

페이페이도 말한다.

"엄마 그럴 시간 없어."

문은 이제 엄마 눈이 겨우 보일 만큼만 남기고 다시 닫힌다.

"키티한테 가서 해결해달라고 해!"

"키티는 쥐를 잡아 죽일 거야, 엄마. 저번에도 키티가 정원에서 한 마리 잡아 죽였단 말이야……"

"제발 부탁이야, 엄마. 쥐를 구해줘!"

안안이 다시 말한다.

"Bitte Bitte……"

포르테가 말한다.

"Bitte Bitte……"

꼬마배추도 말한다.

"쥐를 구해줘……"

페이페이가 말한다.

엄마는 길게 한숨을 내쉬고는 다시 방문을 연다. 아이들은 환호성을 지르며 앞 다투어 엄마를 안내하러 뛰어나간다.

아이들이 말한 쓰레기통은 유기물 쓰레기만을 모아 처리하는 큰 플라스틱 통이었다. 안에는 음식물쓰레기와 잘라낸 나뭇가지나 풀잎이 들어 있었다. 쓰레기통 바닥에 엄지손가락 두 개 정도가 들어갈 만한 작은 구멍이 나 있었는데, 쥐의 작은 몸이 그 안에 끼어 바둥대고 있었다.

엄마는 쓰레기통 앞에 쪼그리고 앉는다. 무섭기도 하고 흥분되기도 하는지, 아이들은 엄마 뒤쪽에 둘러서서 다들 숨을 죽인 채 눈만 말똥말똥 뜨고 있다. 그 작은 잿빛 덩어리는 무척 부드러워보였는데, 대체 쥐의 어느 부분인지 알 수가 없었다. 머리는 어디 있지? 다리는? 어디에서부터 시작해야 할까.

엄마라는 여자는 겁내는 게 거의 없었다. 거미, 바퀴벌레, 쥐, 어떤 종류의 어떻게 생긴 벌레든…… 엄마는 비명을 지르지도 기절하지도 않았다. 온몸에 기운이 쭉 빠지게 만드는 것은 파충류, 뱀이 유일했다. 뱀 그림만 봐도 엄마는 눈을 가리고는 쓰러질 것만 같다고 말하곤 했다. 꿈틀거리며 지나가는 진짜 뱀을 봤을 때는, 두려움에 히스테릭한 비명을 지른 뒤 곧장 기절해서 고꾸라져버렸다.

지금 엄마는 침착하게 눈앞의 잿빛 덩어리를 연구하고 있다. 나뭇가지로 조심스럽게 구멍 옆의 썩은 나뭇잎들을 빼내자, 몸의 가운뎃

부분이 구멍에 단단히 끼어 머리 쪽이 안쪽 깊숙이 박혀 있는 쥐의 모습이 눈에 들어왔다. 구멍 밖으로 나온 그 잿빛 덩어리는 뒷다리와 신발 끈처럼 가늘고 기다란 꼬리를 허공에 대고 마구 발버둥치고 있었다. 혼비백산한 쥐는 어떻게든 앞으로 빠져나가려 애를 썼는데, 그러면 그럴수록 죽음의 구멍에 더욱 단단히 끼는 것 같았다.

아이들은 속닥속닥 토론을 벌였다. 저 쥐가 죽을까 살까? 구멍에는 어떻게 들어갔을까? 혹시 새끼쥐일까? 얼마나 말랑말랑할까……

쥐는 정말 말랑말랑했다. 너무 말랑거려서 엄마를 소름 돋게 한 만큼. 엄마는 먼저 나뭇가지 두 개를 들었다. 마치 젓가락으로 돼지고기를 집듯 쥐를 그대로 집어낼 생각이었다. 하지만 쥐가 구멍에 너무 꽉 끼어 있어서 도무지 빠져나오질 않았다. 더 힘을 주면 피가 날 것 같았다. 설마, 설마…… 정말 손가락으로 저것을 끄집어내야 한단 말인가. 윽…… 구역질이 날 것 같다. 매끈한 털이 뒤덮여 있고 물컹물컹한데다 꿈틀대기까지 하는 저 쥐의 몸 반쪽을 어떻게 하지?

허공에 대고 온몸을 버둥거리던 쥐는 이따금씩 동작을 멈추었다. 힘이 빠진 것이다.

엄마는 손가락 두 개로 그 신발 끈 같은 쥐꼬리의 끄트머리를 살짝 잡아 녀석을 끌어낼 수 있을지 가늠해보기로 한다. 하지만 녀석의 꼬리에 손가락이 닿는 순간, 엄마는 속이 뒤집힐 듯 소름이 끼쳐 그만 웩, 비명을 지르고 만다. 그 소리에 놀란 아이들이 뒤로 풀쩍 물러난다. 꼬마배추는 큰 소리로 울음을 터뜨린다.

엄마는 꼬리, 아니 발을 다시 잡아당겼다…… 발에 가늘고 작은 발톱이 만져졌다. 힘을 주어 당겨보았지만, 녀석의 몸뚱이는 여전히 안에 박혀 나오지 않았다.

엄마는 꼬마배추를 달랜 뒤 결심한다.

안안이 명령에 따라 신문지를 찾아오자, 엄마는 신문지를 크게 잘라 쥐의 몸을 감싼다. 그러고는 아랫입술을 꽉 깨물고 저 안에서부터 자꾸만 치밀어오르는 메스꺼움을 참고 참으며 손가락으로 쥐의 몸을 꽉 움켜잡았다. 하나, 둘, 셋, 뽑혔다……! 깜짝 놀란 아이들은 소리를 지르며 뒤돌아 달아나고, 엄마 역시 너무 놀라 펄쩍 뛰는 사이 쥐는 엄마의 손에서 벗어나 줄행랑을 친다. 모든 일은 눈 깜짝할 사이에 일어났다.

정신을 차린 아이들이 울타리 옆으로 쫓아가서는 재잘재잘 떠들어댄다. 어디 있어, 어디? 세상에나, 저것 좀 봐. 눈이 어쩜 저렇게 동그랗고 새까맣지?

쓰레기통 옆에 서 있는 엄마의 손에는 아직 꾸깃꾸깃한 신문지가 들려 있다. 온몸에 소름이 쫙 돋는다.

4

한여름, 베이징 곳곳에 매미 울음소리가 울려퍼진다. 반바지에 운동화 차림의 엄마는 자전거를 타고 이 거리 저 거리 쏘다닌다. 시장에 가서 채소를 사기도 하고, 혀를 말고 이야기하는 베이징 사람들의 말소리를 가만히 듣기도 하고, 상인과 작은 말다툼을 벌이기도 했다. 얼핏 보면 이 일 저 일 분주한 것 같지만 사실 엄마의 마음속 귀는 오직한 가지 일에만 집중하고 있었다. 바로 매미 울음소리를 듣는 것이었다. 제멋대로, 야무지게 울어대는 매미 소리는 마치 알람시계처럼 도시 전체에 쉴 새 없이 울려댔다. 오만방자한 이 매미 소리 때문에라도 엄마는 이 도시가 좋았다.

엄마는 혼자 시장 구경에 나섰다. 라오빙*을 사서 뜯어 먹으며 엄마는 이런저런 발견을 한다. 베이징의 가지는 둥그렇구나. 파는 뿌리 쪽이 굵직한 게 꼭 마늘 같네. 토마토는 토마토 같지 않고 꼭 사과처럼 생겼는걸. 저기 저 거무스름한 간볶음은, 세상에나 아침식사용이라네. 또 탸오경調羹**을 탸오경이라고 하지 않고 '사오勺'라고 부르네. 이발사가 면도칼을 쥐고 길가 나무의자에 앉아 손님을 기다리는군……

엄마는 갑자기 발걸음을 멈춘다.

가냘프면서도 그윽한 어떤 소리가 시끌벅적한 소란을 뚫고 엄마를 감싸온다.

매미는 아니다. 그럼 뭐지? 엄마는 주변을 두리번거린다.

꾸벅꾸벅 졸고 있는 한 열쇠장이 앞에 가는 대나무로 만든 새장이 줄줄이 매달려 있다. 소리는 그 주먹만한 새장 안에서 나오는 것이었다. 가까이 다가가서 보니, 세상에, 시솨이蟋蟀, 귀뚜라미였다.

귀궈蛔蛔***!

졸고 있던 열쇠장이가 눈을 번쩍 뜨고 말한다.

"귀궈, 한 마리에 일 위안이에요. 수박 껍질을 먹고 두 달 정도 살 수 있어요."

엄마는 자전거를 타고 집으로 향한다. 허리춤에는 작은 대나무 새

* 중국식 밀전병.
** 중국식 국 숟가락.
*** 베이징 사람들이 귀뚜라미를 부르는 말.

장 두 개가 달랑거린다.

막 동물원에서 돌아온 아이가 판다 이야기를 꺼낸다.

"엄마!" 안안이 말한다. "판다가 이렇게 했어……"

아이는 양손으로 턱을 괴고 귀여운 척을 해 보인다.

"이게 뭐야?"

페이페이가 크게 소리친다.

"안안," 엄마는 허리춤에 달려 있던 대나무 새장을 탁자 위에 올려 놓으며 아이들에게 묻는다. "이게 뭔지 알겠니?"

아이들은 탁자에 얼굴을 대고 엎드린 채 새장 안을 호기심 어린 눈 빛으로 들여다본다.

"음……" 안안이 미간을 찡그린다. "이건 사마귀는 아니야! 사마귀 는 앞발이 커다랗거든! 또 메뚜기도 아니야. 이게 메뚜기 보다 훨씬 커. 그리고 매미도 아니야. 매미는 투명한 날개가 있어…… 혹시 시솨 이, 귀뚜라미야, 엄마?"

"그래, 맞아." 엄마가 미소지으며 말한다. "베이징 사람들은 궈궈라 고 부른단다."

"거거_{哥哥}*라고 불러?"

페이페이가 고개를 갸우뚱거리며 묻는다.

해질 무렵, 산책에 나선다. 아이들은 목에 빨간 끈을 걸고 있다. 끈 에는 작은 대나무 새장이 달려 있다. 대나무 새장이 꼬마 형제의 걸음

* 중국어로 '형'이라는 뜻.

에 따라 함께 흔들린다.

밤이 되자, 꼬마 형제는 눈을 감는다. 감은 눈 아래로 풍성하고 기다란 속눈썹이 드러나자 아이들의 얼굴은 천사처럼 마냥 사랑스러워 보인다. 귀뚜라미가 울기 시작한다. 고요한 밤, 귀뚜라미 울음소리는 마치 전자음처럼 퍼졌나간다. 아이들은 깊이 잠들었고 오히려 옆방에 있던 엄마가 혼자 밤새도록 거거, 형을 부르는 소리를 듣는다.

아침식사 후 형제는 또 대나무 새장을 달랑거리며 집을 나선다. 잔디밭을 지나는데 아이들 몇이 어른들과 함께 그물채로 뭔가를 잡고 있다. 형제는 걸음을 멈추고 구경을 한다.

"예쁜 외국 아이네!" 손에 그물채를 든 한 엄마가 다가온다. "당신은 저애들 아이阿姨인가요?"

베이징에서 '아이'는 보모나 하인을 뜻하는 말이다. 엄마가 웃으며 대답한다.

"네. 저는 저애들 보모고 또 하인이에요. 그리고 청소부고 요리사기도 하지요."

"이리 와봐, 얘들아. 한 마리 줄게."

아이들 중 좀 큰 아이가 안안에게 손을 내민다. 손가락 사이에는 엄청나게 큰 잠자리가 끼워져 있다.

안안은 받으려 하지 않는다. 그렇게 큰 잠자리는 한 번도 본 적이 없어서 망설여지는 모양이었다.

"나 줘. 나 줘……"

페이페이가 소리친다.

"안 돼." 엄마가 말린다. "넌 잘못하면 잠자리를 죽일 수도 있어."

엄마는 조심스레 잠자리를 건네받아서는, 어렸을 적에 그랬던 것처럼 익숙하게 날개를 손가락 사이에 끼운다.

좀더 걸어간 뒤 엄마가 말한다.

"많이 봤지? 우리 이제 잠자리를 놓아주는 게 어때?"

"좋아!"

손가락을 벌려 놓아주자, 잠자리는 그대로 고꾸라져버린다. 날개가 마비된 탓 같았다. 그러나 잠시 버둥거리는 것 같더니, 잠자리는 이내 날아간다. 아이들 눈이 잠자리를 쫓아 높은 곳을 맴돈다.

"엄마!" 안안이 가슴 앞의 작은 대나무 새장을 내려놓으며 말한다. "나 귀뚜라미도 놓아줄래."

아이는 길가에 쪼그리고 앉아 새장을 열어서는 귀뚜라미를 밖으로 내보냈다. 풀숲에 떨어진 귀뚜라미는 잠시 꼼짝도 하지 않는다. 안안이 바닥에 납작 엎드려서는 답답한 듯 소리친다.

"가! 가, 귀뚜라미야. 집으로 돌아가. 다시는 사람에게 잡히지 말고!"

알아들은 것일까. 익숙한 풀냄새가 자극이 되었던 것일까. 귀뚜라미는 정말로 천천히 기어가기 시작한다. 조금 힘겨워 보이긴 했지만 얼마 지나지 않아 귀뚜라미는 풀숲 깊은 곳으로 사라진다.

안안은 무거운 짐을 벗어버린 듯 몸을 일으키더니 고개를 돌려 페이페이에게 말한다.

"페이페이, 네 것도 놓아주는 게 어때? 불쌍하잖아!"

"싫어, 싫어, 싫어……!"

페이페이는 황급히 두 손으로 대나무 새장을 끌어안더니 온 힘을 다해 고함을 지른다.

5

유럽으로 돌아왔을 때는 이미 가을이었다. 여물 대로 여문 사과가 더이상 나뭇가지에서 버티지 못하고 쿵, 쿵, 풀밭으로 떨어졌다. 간혹 길가까지 굴러오기도 했다.

엄마는 자전거를 나무에 기대어놓고 가장 크고 빨간 사과를 눈으로 찾았다. 온 산과 들에 잘 익어 새빨간 사과가 가득했다. 과수원 주인들은 산책 나온 사람들이 하나둘 따가는 것은 개의치 않는 듯했다. 엄마는 꼬마 형제와 아빠에게 각각 사과를 하나씩 주고는 몸을 굽혀 풀밭에서 몇 개 더 주웠다.

가자, 말에게 주러.

말은 앞쪽 모퉁이에 있었다. 갈색 말 한 마리가 고개를 쑥 내밀더니 페이페이의 손에 든 사과를 먹으려 한다. 페이페이가 기분 나쁜 듯 쏘아붙인다.

"야…… 이건 내 거야. 너는 네 것 먹어. 땅에서 주운 거 있잖아."

안안이 자전거를 세우고는, 살짝 겁이 나는지 머뭇거리며 말에게 사과를 건넨다. 순간 말이 혀를 쑥 내밀더니 철퍼덕, 소리와 함께 사과를 입안으로 말아넣는다. 사과를 씹는 말 입에서 계속해서 사과즙이 흘러나온다. 시큼한 사과향이 진동을 한다.

집으로 돌아가는 오르막길, 페이페이를 등에 업고 앞서 간 아빠는 이미 보이지 않는다. 엄마와 안안은 자전거를 밀고 걸어가며 이야기를 나눈다..

"엄마, 있잖아, 나 내 baby새를 또 봤어."

"네 새라고?"

"내 발코니에서 푸夫, 부화한 아기새 말이야. 엊그제 개러스네 집 발코니에서 봤어. 그런데 그새 자라서 큰 새가 되었더라고."

엄마는 흥미로운 듯 고개를 숙이고 아들을 쳐다본다.

"그 새가 네 발코니의 baby 새인 걸 어떻게 알아?"

"당연히 알지!" 안안은 틀림없다는 듯 말한다. "그 새 가슴도 붉은색이었어. 그리고 나를 보는 눈빛이 무척 익숙했어."

"아!"

엄마는 그제야 알았다는 듯 고개를 끄덕인다.

"쉿……!" 안안이 자전거를 멈추고는 속삭인다. "엄마 저기 좀 봐……"

풀밭 위 단풍나무 아래에서 고슴도치 한 마리가 두 사람을 향해 뒤뚱뒤뚱 걸어오고 있었다. 느릿느릿 고개를 숙이고 기어오는 고슴도치는 뭔가를 찾고 있는 중인 듯했다.

엄마는 눈 한 번 깜빡이지 않고 녀석을 주시하면서 낮은 소리로 속삭였다.

"고슴도치는 보통 저녁에 나오는데. 대낮에 이렇게 눈앞에서 고슴도치를 보는 건 엄마도 처음이야……"

"나도 그래."

"보기에는 정말 부드러울 것 같은데, 안아주고 싶을 만큼……"

"응. 하지만 온 몸이 가시야…… 엄마."

안안이 갑자기 엄마 손을 잡는다.

"조금 있으면 고슴도치가 온몸을 말아서 가시 공을 만들 거야. 저쪽에서 고양이가 다가오고 있거든……"

엄마는 고양이를 찾아본다. 고양이가 단풍나무 위로 뛰어오르자, 고슴도치는 으쓱거리며 풀숲으로 기어들어간다.

가을 햇살이 나무 그림자를 길게 늘려놓고 있었다. 아무 일도 일어나지 않았다. 하지만 안안과 엄마는 즐겁게 자전거를 밀며 걸어간다. 두 사람은 처음으로 고슴도치를 충분히, 맘껏 보았으니까.

감전된 송아지

어느 가을날 오후, 햇살이 나른하게 창문으로 쏟아져들어온다. 짙은 땅콩기름처럼 샛노란 햇살이다. 햇살이 진한 노란빛을 띠는 건, 창밖의 목련 잎이 황금색으로 물들었기 때문이다. 황금빛 나뭇잎이 바닥에 하나 가득 떨어지면 마치 누가 풀밭 위에 노란 양탄자라도 덮어놓은 듯 보였다.

씩씩대며 들어온 페이페이가 앞으로 꼬마배추랑은 놀지 않겠다고 한다. 무슨 일인데 그래? 왜냐면, 그애가 울었어. 그애는 왜 울었는데? 내가 발로 찼어. 너는 왜 그애를 발로 찼어? 나한테는 만날 강아지 하라고 하면서 자기는 안 한다고 하잖아. 그러고 나서는 내가 귀여운 새끼 야옹이를 했는데, 그다음에 그애는 또 안 한다고 하잖아. 그래서 내가 발로 찼어⋯⋯

엄마는 소파에 누워 《어떤 타이완 노작가의 오○년대》라는 책을 읽고 있었다. 심심해진 페이페이가 책 앞으로 머리를 밀어넣는다.

"못 보게 할 거야." 아이가 말한다. "나랑 놀아줘."

아이는 소파 위로 기어올라와 엄마 몸 위에 엎드린다.

햇살이 아이 머리카락을 환하게 비춘다. 엄마는 아이를 끌어안고 아이의 머리카락에, 이마에, 속눈썹에, 뺨에, 코에⋯⋯ 입을 맞춘다. 페이페이가 작은 두 팔로 엄마 목을 잡더니 갑자기 엄마 입술에 힘껏 뽀뽀를 한다.

"딱 붙었어!" 엄마가 말한다. "안 떨어질 거야!"

페이페이는 동글동글한 눈을 크게 뜨더니 대뜸 말한다. "우리 결혼하자!"

사레들린 사람처럼 놀라기도 하고 또 우습기도 해서, 엄마는 숨이 턱까지 차오르도록 웃는다.

그때 마침 전화벨이 울린다.

"화더華德 부인이세요?"

"그런데요."

"혹시 포르테라는 사내아이를 아세요?"

엄마 머릿속에서 떵, 소리가 울린다. 무슨 일이 생겼구나. 삼십 분 전에 안안과 포르테가 슈퍼마켓 뒤에 있는 어린이 놀이터에 간 참이었다.

"저는 헤일 슈퍼마켓 주인입니다. 포르테가 저희 가게에서 물건을 훔쳤는데, 포르테 부모님이 모두 집에 안 계셔서요. 혹시 대신 아이를 데리러 오실 수 있을까요?"

엄마는 페이페이를 이웃집에 맡기고 차에 오른다. 안안은 어디 있는 거지?

엄마가 처음으로 도둑질을 한 것도 여덟 살 때였다. 어머니 가방에서 몰래 십 위안짜리 지폐를 꺼내어 옷장 밑에 숨겼는데, 알고 보니 거실에 앉아 있던 아빠가 옷장에 붙어 있던 커다란 거울로 딸아이의 일거수일투족을 빤히 지켜보고 있었다.

안안은 어디 있지? 안안도 훔쳤을까? 뭘 훔쳤을까?

나란히 진열되어 있는 야채 코너를 지나고, 고기 가판대와 빵 진열대를 지나, 잔뜩 쌓여 있는 달걀 뒤쪽으로 돌아가니 아주 작은 사무실이 있다. 이제 막 1학년이 된 포르테는 그 사무실에 있었다.

포르테는 이내 울기 시작한다. 아이는 주먹으로 눈물을 훔치며 훌쩍거린다.

"안안이 시켜서 훔친 거예요…… 저는 훔치고 싶지 않았는데…… 안안이 시켜서……"

어른 몇 명이 한쪽에 서 있었다. 슈퍼마켓 주인이 작은 소리로 엄마에게 말한다.

"아이가 겁을 많이 먹었어요. 아이를 놀라게 하고 싶지는 않아요."

엄마는 쪼그리고 앉아 포르테를 잠시 안아준다. 아이가 좀 진정되기를 기다렸다가 엄마는 말을 꺼낸다.

"무서워할 거 없어, 포르테. 저분들, 경찰을 부르지는 않을 거야. 우리는 너를 보호해줄 거야. 하지만 그전에 나는 알아야 해……"

엄마는 아이 어깨를 바로 잡고는 아이를 똑바로 쳐다본다.

"일단 네가 무슨 일을 저질렀는지 네 입으로 직접 들어야겠어. 사실 그대로 알려줬으면 좋겠구나, 포르테."

"저는 가게로 들어와서, 이 초콜릿들을 집어서……"

그제야 책상 위에 놓인 군것질거리가 한 무더기 눈에 들어온다.

"옷 안에 쑤셔 넣고는, 이렇게……"

꼬마 현행범은 자신이 어떻게 목을 움츠리고 등을 구부려 배를 끌어안고 걸어나왔는지 그 자리에서 연기해 보인다.

엄마는 터져나오는 웃음을 애써 참으며 엄한 얼굴로 말한다.

"그 수법은, 안안이 가르쳐준 거니, 아니면 너 스스로 생각해낸 거니?"

"완벽하게 저 혼자 생각해낸 거예요!"

그 말 속에는 약간의 자부심마저 어려 있다.

"전부 제 머리에서 나온 생각이에요!"

"이 아이가……" 주인이 끼어든다. "허리랑 등을 잔뜩 굽히고 걸어나가는 걸 지난주에 거울로 봤거든요. 그래서 점원에게 주의하라고 일러두었지요. 얼마 지나지 않아 아이가 또 나타났는데, 처음에는 놓쳐버렸어요. 그래서 이번에는 사실 작정하고 기다리고 있었습니다."

엄마는 주인 손을 잡으며 아이에게 따뜻하게 대해주고 이해해준 것에 대해 감사의 뜻을 전했다. 그리고 포르테의 부모에게 오늘 일을 설명해주겠다고 약속했다.

포르테는 엄마 손을 꼭 잡고 슈퍼마켓 유리문을 나선다.

오솔길로 들어서자 엄마는 걸음을 멈추고 몸을 낮추어 사내아이를 마주 본다.

"포르테, 너한테 뭘 한 가지 물어볼 텐데, 내 질문에 반드시, 백 퍼센트 진실만을 말해줬으면 좋겠어…… 그래줄 수 있겠니? 그러지 않으면 나는 지금 이 순간부터 더이상 네 친구가 되어줄 수가 없어."

포르테가 고개를 끄덕인다. 아이 볼에는 눈물 자국이 아직 다 마르지 않고 남아 있다.

"내가 묻고 싶은 건 말이야, 안안이 정말 너에게 물건을 훔치라고 시켰니?"

"아니요." 아이는 얼른 대답한다. "아니에요. 전부 다 제가 한 일이

에요. 안안은 제 친구니까 사실대로 말할게요. 안안은 시키지 않았어
요."

"좋아."

엄마는 손가락으로 아이의 눈물을 닦아준다.

"이 시간 이후로 다시는 다른 사람의 물건을 가져오지 않겠다고 약
속할 수 있겠지?"

아이가 고개를 끄덕인다.

"다시는 그러지 않을게요."

얼마 가지 않아 나무에 올라타고 있는 안안의 모습이 보인다. 가느
다란 두 다리가 허공에서 흔들리고 있다. 얼핏 태연해 보였지만, 그건
폭풍전야의 고요함 같은 것이었다.

엄마와 단둘이 남자, 안안은 결국 먼저 입을 연다.

"엄마, 나는 훔치지 않았어. 나는 잘못한 거 없어."

엄마는 샛노란 가을빛이 들어오는 거실에 앉아 있고, 안안은 그런
엄마 앞에 똑바로 서 있다.

"엄마는 거짓말이라면 한 마디도 듣고 싶지 않아. 알겠지?"

끄덕끄덕.

"포르테가 훔치러 간다는 걸 너는 그전에 미리 알고 있었어?"

끄덕끄덕.

"포르테가 군것질거리를 훔친 뒤에 너랑 나누어 먹었어?"

끄덕끄덕.

"그전에 훔친 것도 모두 알고 있었어?"

끄덕끄덕.

"그때마다 너랑 나누어 먹은 거야?"

"우리는 친한 친구니까."

"네가 포르테에게 훔쳐오라고 시켰어?"

"아니!"

아이가 얼른 소리쳤다.

엄마는 눈을 들어 여덟 살 아이를 가만히 쳐다본다. 젖소떼는 하루 종일 들판에서 한가롭게 풀을 뜯고 있었다. 마치 온 하늘과 온 풀밭이 자기 것이라도 되는 양. 그러던 어느 날, 어린 송아지 한 마리는 더 멀리 가보고 싶어졌다. 송아지는 거의 보이지 않을 만큼 가느다란 선과 마주쳤다. 경계선이었다. 그 선에는 전기가 흐르고 있었다. 전기에 감전된 송아지는 화들짝 놀라 걸음을 멈추었다⋯⋯ 이 세상에는 가서는 안 되는 곳과 해서는 안 되는 일이 있는 법이다.

"너 공범이 뭔지 알아?"

엄마가 묻는다.

"몰라."

"공범은," 엄마의 설명이 이어진다. "누군가와 함께 나쁜 일을 하는 사람이야. 예를 들어, 칼을 들고 다른 이에게 사람을 죽이라고 시킨다든지, 다른 사람에게 물건을 훔쳐오게 한 뒤에 그것을 함께 나눈다든지 하는 거 말이야⋯⋯ 네 잘못도 포르테 잘못만큼 큰 거야. 알겠어?"

안안은 잠시 생각하더니 되묻는다.

"포르테는 잘못이 얼마나 큰데? 내 잘못은 또 얼마나 큰데?"

"포르테가 육십 퍼센트 잘못했다면 너도 사십 퍼센트는 잘못한 거야. 충분히 크지?"

끄덕끄덕.

"그래서 엄마도 너에게 벌을 줘야겠어. 동의하지?"

끄덕끄덕. 아이의 눈꺼풀이 아래로 축 처진다.

엄마와 아들은 책상 옆으로 간다.

"다 쓴 후에 엄마에게 줘. 가서 페이페이 데리고 올게."

그날 저녁, 아빠와 엄마는 등불 아래 함께 앉아 삐뚤삐뚤 쓴 일기 한 편을 읽는다.

"오늘은 정말 제수 없는 날이었다. 포르테가 헤일 슈퍼마켓에 갔다가 붓잡혔다. 그애 엄마가 초콜릿을 주지 않아서 훔친 것이다. 나는 마음이 괴롭다. 나도 훔쳐온 초콜릿을 같이 먹었기 때문이다. 엄마가 그건 장물을 나누는 거라고 했다.

나는 직접 훔치지는 않았지만 그애가 훔치는 걸 말리지도 않았다. 그 아이는 뭐든 나랑 나누어 가지니까. 이제 알겠다. 물건을 훔치는 것은 절대 해서는 안 되는 일이다. 나도 다시는 하지 않을 거다. 정말 제수 없는 날이었다. 엄마가 벌로 반성문을 쓰라고 했다. 글자를 너무 많이 틀려서 한참 찾아보았다. 마음이 게롭다. 진짜 게롭다. 1993년 9월 28일."

포르테는 어땠을까? 다음 날 아침, 그 아이는 꽃 한 다발을 들고 아빠와 함께 헤일 슈퍼마켓에 가서 주인에게 허리를 굽혀 사과했다. 그리고 집으로 돌아온 아이는 일주일간 외출 금지를 당했다. 학교에서 돌아오면 아이는 밖에 나가지 못하고 마당에서 혼자 놀아야 했다. 친한 친구 안안과도 울타리를 사이에 두고 멀찌감치 서로를 바라볼 수

밖에 없었다. 서재에서 엄마는 두 아이가 서로의 안부를 묻는 소리를 들었다.

"포르테, 우리 엄마가 나한테 반성문 쓰는 벌을 줬어. 그리고 지금은 낙엽 쓰는 벌을 줬고. 너는 지금 뭐해?"

비질 소리, 그리고 낙엽 밟는 소리.

"우리 엄마도 마당 청소하는 벌을 줬어. 마당이 온통 나뭇잎 천지야."

침묵.

"근데, 나는 이거 꽤 재미있는 거 같아…… 너 낙엽 쓰는 거 싫어하니, 포르테?"

"나도 좋아해. 그런데, 우리 엄마가 삼 일간 TV를 못 보는 벌도 줬어."

"아, 나도……"

침울.

땅콩기름 같은 샛노란 햇살이 내리쬐는 어느 오후였다.

나의 성장 이야기

열두시 사십오분, 드디어 집에 도착했다.

마을에 있는 빅토리아 초등학교는 우리 집에서 걸어서 십 분 정도 밖에 떨어져 있지 않았지만, 나는 집에 오는 데 보통 두세 배의 시간이 걸리곤 했다. 열두시에 수업이 모두 끝나면 우리 패거리는 머리를 맞댔다. 오늘은 어느 길로 갈까? 우린 그렇게 매일 다른 길을 찾아 집으로 돌아갔다. 걷다가, 장난을 치다가 하면서 우리는 느리게, 아주 느리게 걸었다. 가장 '비밀스러운' 길은, 학교 뒤로 돌아서 무덤을 지나는 인적이 드문 숲길이었다.

작은 문방구 '셰셰'에 들르는 것 역시 절대 빼놓을 수 없는 필수 코스였다. 학교 근처에 하나뿐인 문방구인 '셰셰'에서는 학용품이나 종이, 장난감을 팔았다. 우리는 매일 그곳에 들러 새로 나온 레고가 있나 확인하고는, 얼마 동안 용돈을 모아야 그것을 살 수 있을지 계산해보았다. 빅토리아 초등학교 학생이라면 누구나 아는 문방구 주인아주머니는 늘 언짢은 눈빛으로 우리를 내려다보곤 했다. 우리 모두를 한꺼번에 잡아채서 밖으로 던져버리지 못하는 것이 못내 아쉽다는 얼굴이었다.

그런데 정말 이상했던 건, 그 아주머니의 독일 성이 '러칭熱情'이었다는
점이다. 우리는 언제나 예의 바르게 그녀를 '러칭' 부인이라고 불렀다.

집에 도착하면 나는 언제나 습관적으로 "엄마, 나 왔어!" 소리쳤다.

그러면 이층 서재에서 "그래", 대답이 들려왔고, 그다음엔 언제나
재치기 소리가 났다. 엄마는 꽃가루 알레르기가 있었다.

집에 돌아오면 하기 싫어도 가장 먼저 해야 하는 일은 바로 숙제였
다. 숙제를 하다보면 주방에서는 맛있는 음식 냄새가 흘러나왔다. 돼
지간 양파볶음에 구수한 태국식 쌀밥인가. 숙제는 사실 그리 많지 않
았다. 숙제가 마무리될 즈음이면 식탁에는 이미 음식이 차려져 있었
다. 그때쯤이면 형 화안도 집에 돌아온 뒤였다. 우리는 한시 반쯤 다
같이 밥을 먹었다.

식사하는 동안의 화젯거리는 언제나 학교 이야기였다. 나는 오늘
선생님이 가르쳐준 우리 마을의 역사를 열심히 보고해야 했다. 마을
에는 시냇물이 흐르고 우리는 그 시냇물에서 손으로 송어를 잡는다.
나는 '마을 역사 지도'에 그 시냇물을 그려넣었다.

밥을 먹고 나면 할 일이 없었다. 나는 엄마를 따라 서재로 들어가서는
엄마 발 옆 카펫에 엎드려 만화를 그렸다. 엄마는 내내 책상에서 글씨를
썼다. 나는 한참 큰 뒤에야 엄마가 '글'을 쓴다는 사실을 알게 되었다.

엄마는 끊임없이 재채기를 해댔다. 나는 엄마를 계속 귀찮게 했다.
엄마 무릎 위에 올라앉고, 시도 때도 없이 말을 걸었다. 엄마가 고개를
숙이고 글씨를 쓰고 있으면 어떻게든 아래로 끌어내려 옆에 엎드리게

• 중국어로 '친절'이라는 뜻.

한 다음 내가 그린 그림을 보게 했다.

돌이켜보면 그때 엄마가 어떻게 글을 쓸 수 있었는지 모르겠다.

시간은 더디게 흘러갔다. 늘 비슷한 시간에 화안 형은 자기 방에서 크게 외쳤다.

"엄마, 숙제 다 했어. 나가서 축구해도 돼?"

엄마는 지나치게 깜짝 놀랐다. 언제나 똑같았다.

"어떻게 그럴 수 있어? 숙제하는 데 어떻게 십오 분도 안 걸려? 타이완 아이들은 숙제하는 데 세 시간이나 걸린다던데, 독일 교육은 정말 문제가 있다니까!"

엄마는 서재에서 나가 형의 공책을 집어들고 넘겨보았다. 화안 형이 우물우물 얼렁뚱땅 뭐라고 한바탕 늘어놓으면 엄마의 허락이 떨어졌다.

하지만 조건이 하나 있었다.

"동생도 데려가도록 해, 알았지?"

그건 형이 정말 싫어하는 일이었다. 형에게 자기보다 네 살이나 어린 꼬맹이는 성가시고 끈덕지며 얄미운 존재였다. 어떻게든 동생을 데려가지 않기 위해 형은 늘 엄마랑 옥신각신했다. 나는? 나는 한쪽에 서서 상관없는 척했다. 심지어 쿨하게 이렇게 말하기까지 했다.

"나는 하나도 가고 싶지 않아."

하지만 아, 마음속으로 나는 간절히 바랐다.

'제발, 나도 데려가줘.'

대개는 형이 양보하는 것으로 결론이 났다. 큰 형님과 작은 꼬맹이는 공을 하나씩 안고 집을 나섰다.

축구장은 사실 별것 없었다. 공터에 낡아빠진 문이 하나 있을 뿐이었다. 비라도 오면 축구장은 온통 진흙탕으로 변하기 일쑤였다. 화안 형의 패거리들은 이미 그곳에서 형을 기다리고 있었다. 우리는 죽기 살기로 공을 찼다. 두 시간 동안 그렇게 놀고 나면 머리카락은 온통 진흙과 땀으로 범벅이 되었고, 신발 안에는 모래가 가득 찼다. 얼굴과 손, 다리도 온통 흙투성이였다. 그러면 집으로 돌아갈 시간이었다.

가끔 형이 고집을 부리며 절대 따라오지 못하게 할 때도 있었는데, 그럴 때는 엄마도 형에게 더이상 강요하지는 않았다. 그런 날이면 엄마는 나와 내 여자친구 '꼬마배추'를 데리고 집 건너편에 있는 넓은 풀밭으로 가서 꽃을 땄다. 그 들꽃들을 엄마가 가져온 대바구니에 넣어 집으로 가져와서는 식물표본을 만들었다. 가끔 엄마는 꿀이 들어 있던 유리병의 뚜껑에 구멍을 몇 개 내서 준비해오기도 했다. 풀밭에는 풀이 길게 자라고 있어서 메뚜기가 특히 많았다. 이리 뛰고 저리 뛰는 메뚜기들을 한 마리 한 마리 잡아서 우리는 유리병에 집어넣었다. 뚜껑의 구멍은 메뚜기의 숨구멍이었다.

유리병 안에 메뚜기가 수십 마리 모이면 집으로 돌아갔다. 나는 메뚜기를 다시 한 마리 한 마리 유리병에서 꺼내어 마당 풀밭에 풀어 놓았다. 그러니까, 메뚜기를 집에서 기르려는 것이었다.

하지만 즐거운 것도 잠시, 얼마 안 있어 나는 메뚜기가 마당의 토마토를 죄다 먹어치운 것을 알게 되었다. 내가 힘들게 심어놓은 토마토였다.

이따금 엄마는 우리를 풀밭으로 데리고 가 연을 날렸다. 끝없이 펼쳐진 풀밭은 물이 퐁퐁 솟아날 것처럼 푸르렀다. 우리는 풀밭에 누워 하늘을 나는 연을 바라보았다. 그때 나는 평생 그렇게 누워 있어도 좋겠다고 생각했다.

그러다보면 어느새 저녁 먹을 시간이었다. 저녁은 보통 헝가리인 가정부가 준비했고, 그래서인지 헝가리 식 비프스튜가 단골 메뉴였다.

저녁을 먹고 나면 엄마는 형과 나에게 TV를 조금 보게 해주었다. 삼십 분에서 한 시간 정도 볼 수 있었는데, 절대 그 이상을 넘기는 법은 없었다. 엄마는 이때는 특히 엄격해서, 한 번도 원칙을 어긴 적이 없었다. 약속한 시간이 되면 엄마는 어김없이 우리 앞에 나타나서는, 어미닭처럼 우리를 거의 끌고 가다시피 해서 욕실로 밀어넣었다. '이 닦기' 의식은 늘 비슷했다. 욕실에는 세면대가 두 개 있었는데, 엄마는 그중 한 세면대 앞에 낮은 발판을 놓아주었다. 내가 밟고 올라설 발판이었다. 그때 나는 키가 너무 작아서 발판 위에 올라서야 겨우 거울을 볼 수 있었다. 엄마는 욕조 옆에 서서 우리가 이를 닦고 세수하고 옷을 갈아입는 모습을 지켜보았다. 형이 돌아서서 나가려고 하면 엄마는 큰 소리로 외쳤다. "치아 교정기……!" 형이 교정을 삼 년간 하고 있었기 때문에, 엄마가 '치아 교정기!'라고 외치는 소리 역시 삼 년간 들어야 했다. 엄마는, '치아 교정기'를 언제나 독일어로 말했다.

깨끗이 씻은 후에는 '손오공 타임'이 이어졌다. 우리는 침대에 앉았다. 형과 나는 나란히 베개에 기대어 이불을 무릎까지 덮었다. 침대 가장자리에 앉은 엄마 손에는 《서유기》가 들려 있었다. 엄마는 책을 그대로 따라 읽는 게 아니라 책을 보며 이야기를 들려주었고, 우리는 이러쿵저러쿵, 끊임없이 엄마 이야기에 끼어들었다.

손오공 몸에 털이 모두 몇 개 있었는데? 저팔계는 코로 숨을 쉬었어, 아니면 입으로 쉬었어?

우리의 그 어떤 질문에도 엄마는 언제나 능숙하게 대답해주었다. 엄마의 이야기는 언제나 재미있고 생동감이 넘쳤다. 엄마는 그림을 함께 보여주면서 각 등장인물들의 성격과 모습도 알려주었다.

저팔계가 '임신'하는 부분에서, 나랑 형은 너무 우스워 침대를 데굴데굴 구르면서 엄마에게 애원했다.

"제발 한 번만 더 이야기해줘. 조금만 늦게 잘래. 제발 한 번만 더……"

하지만 아무리 떼를 써도 잠자는 시간은 피할 수 없었다. 이삼십 분 정도 이야기를 들려주고 나면 엄마는 어김없이 책을 덮고 우리에게 뽀뽀를 해준 뒤 불을 껐다. 그리고 살금살금 방문을 닫고 나갔다.

우리는 어둠 속에서 엄마의 가벼운 발소리를 들었다. 발소리는 언제나 서재로 향했다. 역시 한참 지나서야 나는 알게 되었다. 매일 저녁 그 시간이 되어야 겨우 엄마는 글을 쓸 여유가 생겼던 것이다.

엄마가 나가고 나면 우리는 곧장 이불 속에서 빠져나와 소란을 피웠다. '숨바꼭질'이 시작되는 것이다. 우리는 몰래 불을 켜고 레고를 가지고 놀거나, 큰 소리로 떠들어대며 이야기하거나, 옷장 안에 숨었다. 엄마에게 발각되기를, 어서 엄마가 오기를 기다리는 것이었다. 몇 분 지나지 않아 엄마는 다시 방으로 들어왔다. 화가 난 척 나무라며 우리를 침대로 몰아넣은 다음 엄마는 불을 끄고 문을 닫은 뒤 다시 글을 쓰기 시작했다. 엄마가 가자마자 우리는 다시 불을 켜고는 쥐구멍에서 쥐가 나오듯 살금살금 침대 밑으로 기어들어가 노래를 부르며, 웃고 떠들며…… 엄마가 오기를 기다렸다.

다시 엄마가 왔다. 그때는 정말 약간 화를 내며 엄마는 우리를 침대 밑에서 끄집어냈다.

엄마가 모르고 있는 사실이 하나 있었다. 엄마가 화를 내면 낼수록 우리는 더욱 신이 났다. 엄마가 일을 못하게 방해하는 데서 우리는 더 할 나위 없이 큰 성취감을 느꼈다.

그렇게 수차례 오고 가다보면 시간은 이미 열시를 훌쩍 넘어 있었다. 그때쯤엔 정말 화가 많이 난 엄마는 담요를 털 때 쓰는 먼지떨이를 꺼내들고 와서는, '험악한 표정'을 지어 보였다. "손 이리 내." 그러면 우리는 방을 빙빙 돌면서 도망쳐다녔다. 아무리 애를 써도 엄마는 우리를 따라잡지 못했다. 엄마가 늘 때리지 못하는 걸 보면서 얼마나 득 의양양했는지 지금도 기억이 생생하다. 역시 다 자란 후에야 나는 알 게 되었다. 엄마가 정말로 따라잡지 못해서 우리를 못 때린 것이 아니었다는 것을.

결국 우리는 제풀에 나가떨어지곤 했다. 기진맥진한 채 우리는 침대 위에 쓰러졌다.

몽롱한 가운데 누군가 방으로 들어오는 느낌이 들었다. 하루 종일 일하고 돌아온 아빠였다. 아빠는 조용히 방문을 열고 들어와 침대 옆으로 다가와서는 머리를 쓰다듬어주며 몸을 낮추어 귓가에 대고 속삭였다.

"잘 자라, 아가."

열다섯 살, 홍콩에서 화페이

손 놓아주기

어린 시절에 대해 쓰는 건 쉬운 일이 아니다. 바로 엊그제 같지만 기억은 희미하기만 하다. 단편적인 기억들은 시간 순서를 따르지 않으므로 논리적으로 서술하기가 어렵다. 어렸을 적 아빠와 함께한 시간은 극히 적었지만 몇몇 장면들은 아직도 또렷하게 남아 있다. 반면, 많은 시간을 함께한 엄마와의 기억은, 오히려 너무 많아서인지 한 덩어리로 뭉뚱그려져 어렴풋하기만 하다.

아빠와 엄마는 많이 다른 분들이었다. 아빠는 우리를 자유롭게 풀어주는 역할을 맡았지만, 우리의 성장 과정에 대해 세세하게 알지 못했다. 엄마는 책임감으로 똘똘 뭉친 엄격한 교육자 역할이었지만 다른 한편으론 따뜻하고 포근했다. 엄마와 나의 가장 큰 차이점은, 나는 오직 노는 데만 집중한 반면, 엄마는 장래에 내게 필요한 재능이나 품성 같은 것을 중요하게 생각했다는 점이었다. 예를 들면, 나는 팔 년간이나 엄마 앞에서 피아노를 치는 척했지만 실은 제대로 연습한 적이 없었다. 그래서인지 지금은 거의 잊어버렸다. 이 줄다리기에선 내가 이긴 셈이다. 엄마가 수영이 중요하다고 늘 강조했기에 나는 최선을

다해 거부했다. 언제나 가장 느린 걸음으로 체육관으로 갔는데, 수영
장에 도착했을 땐 이미 레슨이 끝난 경우도 비일비재했다. 어쩌다가
엄마에게 붙잡히기라도 하는 날에는 수단과 방법을 가리지 않고 차
안에 밀어넣어져 수영장까지 '호송'당해야 했다. 하지만 고양이가 쥐
를 잡는 이 게임에서, 승률은 언제나 쥐가 월등히 높았다.

인정한다. 그 당시 나는 못 말리는 장난꾸러기였다. 피아노도 잘 못
치고 수영도 신통치 않았다. 그렇다고 이제 와서 "그땐 내가 어렸으니
엄마가 억지로 시켰어야 했다"고 엄마를 탓할 수는 없다. 그때 엄마가
했던 말을 나는 지금도 분명하게 기억하고 있다. "좋아, 엄마가 강요
하지 않을게. 하지만 네가 컸을 때 엄마가 억지로 시키지 않았다고 거
꾸로 엄마를 원망하지는 말아줘."

엄마와 나 사이에 언제나 이런 성장의 '줄다리기'가 있긴 했지만,
엄마는 한결같이 조용하고 은근한 방식으로, 엄마 표현을 빌리자면,
'나무처럼 올곧은' 사람으로 나를 키워냈다. 나를 만난 독일인들은 늘
이렇게 말했다. "안드레아는 생각이나 행동이 남달리 성숙합니다." 엄
마에게 감사할 수밖에 없는 부분이다. 또, 깊이 있게 비판하고 이성적
으로 사고하는 법, 특히 현상을 날카롭고 냉정하게 관찰하는 법을 가
르쳐준 사람 역시 엄마였다. 물론 그게 늘 도움이 되었던 것은 아니다.
남달리 '날카롭고 냉정한 관찰력'은 때론 쓰여야 할 곳—예를 들면 교
실 안의 지루하기 짝이 없는 수업—에 쓰이지 않고, 쓰이지 말아야 할
곳—그러니까, 교실 밖에서 노래하는 작은 새—에게 쓰이곤 했기 때
문이다. 각기 다른 네 명의 담임선생님이 내 성적표에 같은 내용의 평
가를 써넣었다. '안드레아는 집중력이 부족합니다.'

무엇에서든 '손을 놓아주었던' 아빠와 비교하면, 엄마는 그야말로 나와 동생에게 '독재자'였다. 지금은 그런 엄마를 충분히 이해한다. 엄마는 내게 대단히 엄격했으며, 언제나 열심히 공부할 것, 착실하게 살 것을 유독 강조했다. 하지만 동시에 우리의 자유를 최대한 존중해주었으며, 이성적으로 사고하는 것을 무척 중요하게 생각했다. 얼핏 모순되어 보이는 이 두 가지 태도는 엄마 자신의 성장 배경에서 비롯된 것 같았다. 엄마가 타이완에서 받았던 보수적이고 전통적인 교육의 영향과, 1960대 말~1970년대 초를 지나온 지식인으로서 자유와 이성을 숭상했기 때문이다.

화페이가 기억하는 어린 시절과 '첫째'인 나의 기억은 다소 차이가 있다. 그 아이의 기억 속 엄마는 말로만 우리를 위협했을 뿐, 정말로 우리에게 '손을 댄' 적은 한 번도 없었다. 하지만 그건 그 아이의 기억이다. 나는 엄마의 머리빗과 닭털로 만든 가느다란 먼지 털이를 기억한다. 그걸로 손바닥을 맞으면 꽤나 아팠다. 더러 엉덩이를 맞기도 했다. 심지어 두 번은 엄마에게 뺨을 맞은 적도 있었다.

물론 그래도, 따스하고 달콤했던 기억들이 가장 많다. 그 기억들은 지금도 또렷하다. 주말이면 우리 셋은 침대에 둘러앉아 저녁 내내 책을 읽고 이야기를 들었다. 저녁 내내. 안데르센 동화, 그리스 신화에서부터 중국 전통 민간설화인 뮬란花木蘭의 이야기와 삼국연의三國演義에 이르기까지, 많은 책들이 우리의 세계를 더욱 크게 넓혀주었다. 그렇게 보낸 우리의 저녁시간은, 어찌 보면 요즘의 자녀교육서에서 강조할 법한 지성교육의 전형처럼 비춰지지만, 그때의 우리에게는 그저 엄마와 보내는 다정하고 행복한 시간일 뿐이었다. 우리는 일찍 자기

싫어서라도 계속해서 이야기를 해달라고 졸라댔고, 그 시간이 길어질
수록 좋아했다.

　지금 이렇게 글을 쓰는 동안, 수많은 기억들이 하나 둘 스쳐 지나간
다. 나와 동생 그리고 나와 엄마의 관계에 대해 말하자면, 나는 이 두
사람을 내 '가족'이라기보다, 오히려 내 진실한 벗이라고 생각한다. 친
구들 앞에서 인정하고 싶진 않지만, 어린 시절 화페이와 밤낮으로 부
대끼며 성장했다는 것, 그리고 엄마가 바로 내 우주의 중심이었다는
것은 명백한 사실이다. 평범한 오후, 숙제를 마치면—혹은 내가 숙제
를 마친 척 한 뒤에—우리 둘은 엄마의 서재를 맴돌았다. 매번 동생과
내가 서재에서 기상천외한 일을 꾸미면 엄마는 책상에서 고개를 들고
우리에게 말하곤 했다. "얘들아, 책 좀 보는 게 어때?"

　엄마는 변하지 않았다. 요즘도 여전히 이 말을 한다. 나 역시 변하지
않았다. 여전히 책 읽는 걸 좋아하지 않는다. 내가 '잠재력을 발휘하기'
를 바라는 엄마의 기대가 꽤 난감한 상황을 가져온 적도 있었다. 5학년
때였을 것이다. 엄마는 학교에서 통지서를 하나 받았다. 아이가 음악
에 재능이 있다고 생각하는 부모들은 아이가 음악 영재반에 들어 갈
수 있도록 학교에 함께 와서 면접을 보라는 내용이었다. 통지서의 내
용을 모든 아이들이 들어야 하는 수업으로 착각한 엄마는 약속한 날
짜에 맞추어 나를 데리고 음악실 문 앞에 도착했다. 피아노 옆에 앉아
있던 선생님은 나에게 간단한 독일 동요를 불러보라고 했고, 나는 그
자리에 그대로 얼어붙은 채 입 한 번 벙긋하지 못했다. 웅얼웅얼, 나는
음정도 박자도 모두 틀리고 겨우 노래를 불렀다. 피아노 건반 위에 올
라가 있는 손가락은 단 한 음도 연주하지 못했다. 가만히 지켜보던 음

악선생님이 엄마에게 여기는 특별한 재능을 지닌 아이가 와서 테스트를 받는 자리라고 설명했다. 엄마는 통지서에 분명 모든 아이가 와야 한다고 쓰여 있었다고 했지만, 물론 엄마가 잘못 이해한 것이었다.

그때 나는 처음으로 독일의 문화가 엄마에게는 낯선 '이국의 문화'라는 사실을 알게 되었다. 엄마에겐 이국이자 나에겐 고향인 독일에서, 엄마보다는 내가 조금 더 나았다. 열 살 때쯤, 나는 추상적인 사고나 넓은 안목이 필요한 문제는 물론 엄마가 더 잘 이해하고 있지만, 독일에서 생활하는 데 필요한 사소하고 잡다한 문제들은 엄마보다 내가 더 잘 알고 있음을 깨닫게 되었다. 그런 우리 둘 사이의 '틈' 때문에 나와 엄마는 자주 의견 차이를 보였다. 가장 심각했던 시기에는 이렇게 '상황'을 제대로 파악하지 못하는 엄마를 심지어 부끄러워하기도 했다.

하지만 지금 나는 나와는 다른 엄마의 문화를 자랑스럽게 생각하고, 그런 엄마가 자랑스럽다. 나는 엄마에게 그 시절을 잊지 말라고 당부하고 싶다. 그런 한때의 기억은 아마 우리를 평생 따라다니겠지만, 더이상 어린 시절만큼 또렷하지 않을 것이다. 당신은 말할 것이다. "아이야, 천천히 오렴." 하지만 때론 서둘러 "손을 놓아줄" 필요가 있다. 물론 그것이 쉽지 않은 일이라는 것은 나 역시 알고 있다. 당연히 어려운 일이다. 하지만 만약 당신이 우리의 어린 시절, 행복했던 그때를 기억한다면, 만약 당신이 우리 마음속에 영원히 자리잡고 있다는 사실을 알고 있다면, 어쩌면, 조금 쉬워질지도 모르겠다.

열아홉 살의 어느 날에, 화안

©Bernhard Walther